마르그리트 뒤라스
윤진 옮김

물질적 삶

La Vie matérielle

차례

들어가는 말

이 책 덕분에 시간이 잘 갔다. 초가을부터 늦겨울까지였다. 몇 편을 제외하고 모두 내가 제롬 보주르[1]에게 구술한 글들이다. 적은 것을 정리한 뒤에 함께 읽었다. 함께 평을 했고, 내가 고친 글을 다시 제롬 보주르가 읽어 보았다. 초반에는 힘들었다. 질문하고 대답하는 방식은 금방 포기했다. 주제별로 다루는 것 역시 포기했다. 마지막 단계에서는 내가 다시 글을 줄이고 가볍게 하고 누그러뜨렸다. 우리의 공통된 의견이었다. 그러다 보니 처음 그대로 다 실린 글은 한 편도 없다. 또한, 어떤 주제를 두고 나의 일반적 견해를 반영하는 글도 없다. 나는 원래, 사회의 불의(不義)를 제외하면, 그 어떤 것도 일반적으로 생각하지 않는다. 이 책에는 내가 어떤 것들에 대해, 어떨 때,

1 Jérôme Beaujour(1946~): 프랑스의 작가이자 영화감독이다. 1981년에 뒤라스의 아들 장 마스콜로(Jean Mascolo)와 함께 「아가타와 끝없는 독서(Agatha et les Lectures illimitées)」의 촬영 과정을 기록한 영화 「뒤라스, 영화를 찍다(Duras filme)」를 제작했고, 뒤라스의 영화에 관한 대담을 촬영한 영화도 제작했다.

어떤 날에 생각한 것들이 담겨 있다. 그런 점에서 내가 생각하는 것을 보여 주는 책일 수 있다. 내 안에는 통괄적인, 다시 말해 확고한 사유의 지층이 없다. 나는 그 화근을 피했다.

이 책에는 시작과 끝이 없고, 중간도 없다. 어느 책이든 존재 이유가 있다는 말이 맞다면, 이 책은 책이 아니다. 이 책은 일기가 아니고, 신문에 연재되는 글도 아니다. 일상의 사건에서 벗어나 있다. 그냥, 읽는 책이다. 이 책은 소설과 거리가 멀다. 그런데 말을 받아쓴 글이라는 점에서 신기하기는 하지만, 신문 사설의 글쓰기보다는 소설의 글쓰기에 가깝다. 이 책의 출간을 두고 주저하기도 했다. 그러나 '물질적 삶'의 부유(浮游)하는 글쓰기, 나와 나 사이를, 우리가 공유하는 시간 속에서 당신과 나 사이를 떠다니는 이 책의 글쓰기는 이미 나왔거나 지금 진행 중인 그 어떤 책의 형태에도 담기지 못했을 것이다.

마르그리트 뒤라스

화학 약품 냄새

1986년에 6월 중순부터 10월 중순까지 넉 달 동안, 그러니까 여름을 넘기고도 트루빌에 머물렀다. 트루빌에서 멀어지면 나는 빛을 잃어버린 기분이다. 작열하는 태양이 내리꽂는 빛 외에도 구름 덮인 하늘 아래 흩어진 흰색의 빛이 있고, 쏟아지는 폭풍우 속에서 숯 색깔을 띠는 빛도 있다. 여름이 끝나 갈 무렵에 트루빌에서 멀리 떨어져 있으면 대서양 밑에서 올라오는, '장거리' 여행자처럼 돌아오는 하늘이 그리워진다. 가을이면 바다 한가운데 피어오르는 안개와 바람이, 르아브르[2]에서 날아오는 석유 냄새와 화학 약품 냄새가 그립다. 아침 일찍 일어나면, 텅 빈 해변에 북쪽으로 살짝 기울어져 뻗어 있는 로슈누아르[3]의 완벽한 윤곽을 볼 수 있다. 그러고 나면 그림자는 서서히 짧아지며 사라져 간다.

2 프랑스 노르망디 지방의 항구 도시로, 석유 화학 산업이 발달했다.

3 뒤라스가 살던 트루빌의 아파트는 19세기 말에 세워져 1959년까지 호화 호텔로 쓰였던 '로슈누아르'(프랑스어로 '검은 바위들'을 뜻한다.)에 있었다.

몇 해 동안 나는 노플[4]과 트루빌과 파리의 집을 오갔다. 그 뒤로 십 년 동안은 노플에만 머무느라 트루빌에 가지 않았고, 몇 해 여름은 로슈누아르의 공동 소유 비용을 충당하기 위해 세를 놓기도 했다. 그렇게 한동안 노플에서 혼자 살았고, 그러느라 오랫동안 로슈누아르에는 아는 사람이 없었다. 여름도 대부분, 마을 사람을 다 알고 지내는 노플에서 보냈다.

나는 원래 어딘가에 편안히 있지 못하고, 늘 어딘가를 혹은 해야 할 일을 찾아 서성댄다. 나는 있고 싶은 곳에 있은 적이 없다. 일종의 행복한 슬픔에 젖어 노플에서 지낸 몇 해 여름만은 예외였다. 「대서양의 남자(Homme Atlantique)」[5]의 울타리 쳐진 정원에서, 그를 사랑하는 절망. 그렇다, 이제는 버려진 그 정원에서였다. 그곳에서, 아무도 없는 얼어붙은 정원에 붙잡힌 채로, 나 자신 안에 틀어박혀 있던 때가 아직 떠오른다.

나는 식사 시간에, 약속 자리에, 영화관에 갈 때, 연극을 보러 갈 때, 늘 제시간에 가지 못한다. 비행기를 탈 때도 늘 아슬아슬하게 도착한다. 요즘은 조심하느라 연극을 보러 한 시간 미리 가서, 다른 사람들이 헐레벌떡 뛰어오는 모습을 보면서 기뻐한다. 나는 해변에도 늘 사람들이 떠날 때쯤 나간다. 일광욕을 싫어하고 살갗과 머리카락에 모래가 닿는 것을 싫어해서, 해변에 누워 피부를 태워 본 적도 없다. 그보다는 운

4 뒤라스가 1958년에 처음 마련한 집이 있는 파리 교외 이블린(Yvelines) 지역의 노플르샤토(Nauphle-le-Château)를 말한다.

5 1982년에 출간된 뒤라스의 소설로, '얀'이라는 남자에게 사랑에 관해 말하는 삼십여 쪽의 짧은 글이다. 한 해 전에 제작된 같은 제목의 영화에는 얀 앙드레아가 출연했다.

전석에 앉아서, 혹은 스페인이나 이탈리아 거리를 걸어 다니며 피부를 태운다.

하지만 나 역시 오랫동안 일광욕을 할 수 있기를 간절히 바랐다. 계속 그랬다. 다른 사람들이 하는 일을 나 나름으로 똑같이 했다. 그래서 어딜 가든 늦었고, 미안했다. 나도 다른 사람들처럼 했다. 해변에도 갔다. 그러나 저녁에 갔다. 그대로 하지만 절반만 한 것이다. 잘되지 않았다. 규칙을 따르려 하지만 단 한 번도 충분하지 못했던 것이 지금은 후회스럽다. 결국 여름이 끝나 갈 무렵이면 나는 무슨 일이 일어났는지조차 이해하지 못한 채로, 이제 와서 그 일을 겪기에는 너무 늦었다는 사실만 이해하는, 어리둥절한 상태였다. 내가 잘하는 게 한 가지 있다. 바다를 바라보는 것이다. 바다에 관해 내가 『80년 여름(L'Eté 80)』[6]에 쓴 것처럼 쓴 사람은 거의 없다. 그렇다. 『80년 여름』의 바다는 내가 겪지 않은 것이다. 나에게 일어났지만, 내가 겪지는 않은 것이다. 내가 직접 살아 낼 수 없었기에 책 속에 넣은 것이다. 내 삶에서는 시간이 늘 그렇게 지나간다. 살아오는 내내 늘 그랬다.

『80년 여름』 이후에도 계속할 수 있었으리라. 오로지 그것만 하기. 바다와 시간의 일기, 비와 파도와 바람의 일기. 파라솔과 천막을 날리는 거센 바람, 해변의 움푹한 땅에 웅크린 아이들의 몸 주위로, 건물 벽 뒤로 몰아치는 바람의 일기. 멈

6 1980년 여름 동안에 뒤라스가 잡지 《리베라시옹(Libération)》에 연재한 글들을 모아 1981년에 출간한 책이다. 트루빌에 머물면서 시사 사건을 매개로 자신의 삶과 문학에 대해 이야기한다.

춰 버린 시간, 거대한 장벽처럼 버티고 선 추위, 마치 북극의 겨울 같은 추위를 앞에 두고서. 『80년 여름』은 내 삶에서 유일한 일기가 되었다. 그것은 힘겨웠던 1980년의 여름 동안, 내가 바다 앞 육지에서 어떻게 난파했는지를 담은 일기다.

로슈누아르의 여인들

이곳 로슈누아르의 테라스에는 여름 동안 매일 오후에 여자들이 모여 이야기를 나눈다. 나이 든 여자들이다. 사람들은 '로슈누아르의 여인들'이라고 부른다. 매일, 여름 내내 매일 오후다. 자신들의 삶을, 삶 전부를 이야기한다. 삶은 중대하다. 낮의 열기가 가시고 시원해질 때까지, 석양이 질 무렵까지, 바다가 보이는 테라스에 앉아서 이야기한다. 지나가는 사람이 그 이야기에 귀를 기울이기도 한다. 테라스의 여인들이 같이 얘기하자고 청하기도 한다. 로슈누아르의 여인들은 자신들의 삶에 일어난 사건들에 대해서, 그리고 다른 삶에, 다른 사람들에게 일어난 사건들에 대해서 이야기한다. 아주 특별한 방식으로 이야기한다. 전쟁의 잔해 위에서, 지난 사십 년간의 중부 유럽에 대해서 이야기한다. 매년 영불 해협의 해안에서 있는 로슈누아르로 오는 사람들이 있다. 그렇게, 말하기 위해서다.

그녀들은 1940년에 스무 살에서 서른다섯 살 사이였다. 그중에 몇 명은 프랑스의 파시[7]에 산다. 여인들이라는 낱말은 영불 해협의 여인들을 알지 못하는 사람에게는 아무런 의미가 없다.

여름이면 그녀들이 그곳에 와서, 자신들의 인맥, 만남들, 사교적이고 외교적인 관계들, 빈과 파리의 무도회, 아우슈비츠의 희생자들, 망명 같은 것들로 유럽을 다시 세운다.

프루스트도 여기 자주 왔었다. 그를 아는 사람도 있을 것이다. 바다 쪽으로 난 111호실이었다. 여기 있다 보면, 스완[8]이 복도를 지나는 듯하다. 그녀들이 아직 어릴 때 스완이 복도를 걸어갔으리라.

7 파리 서쪽의 불로뉴 숲과 센강을 끼고 있는 지역으로, 1860년 16구로 편입되었다. 파리의 대표적인 부촌이다.

8 프루스트의 『잃어버린 시간을 찾아서(À la recherche du temps perdu)』에 등장하는 인물로, 화자 마르셀의 집안과 친분이 깊은 파리 사교계의 저명인사다.

말(言)의 고속 도로

책이라고 할 수 없는 이런 종류의 책 속에 나는 매일, 그러니까 다른 날과 다르지 않은 일상의 나날에 일어나는 모든 사소한 것을 말하고 싶었다. 개별적인 부분에 지체하지 말고, 말의 고속 도로를, 말의 일반적인 도로를 달리고 싶었다. 불가능한 일이다. 의미를 벗어나기, 아무 데도 가지 않기, 아는 혹은 모르는 한 지점에서 출발하지 않고 그저 말하기만 하기, 그러다 무턱대고 수많은 다른 말들 틈에 이르기. 그럴 수 없다. 알면서 동시에 모를 수는 없다. 나는 이 책이 바로 그런 고속 도로이기를, 동시에 어디든 갈 수 있는 길이기를 바랐지만, 이 책은 어디든 다 가고자 하지만 한 번에 단 한 곳밖에 가지 못하는, 누구나 그렇고 어느 책이나 그렇듯이 다시 왔다가 다시 떠나야 하는 그런 책이 될 것이다. 그게 아니면, 아무 말도 하지 않으면 된다. 하지만 그런 책은 써질 수 없다.

연극

올해 겨울에 연극을 만들어 보려 한다. 집 밖으로 나가서, 연기(演技)하는 연극이 아니라 읽는 연극을 만들 생각이다. 연기는 텍스트가 가진 것을 오히려 덜어 낼 뿐, 아무것도 가져다 주지 않는다. 연기는 텍스트에서 존재와 깊이를, 근육과 피를 제거한다. 지금 나는 그렇게 생각한다. 내가 자주 하는 생각이다. 마음속 깊은 곳에서 내가 생각하는 연극은 그렇다. 하지만 읽는 연극이 존재하지 않으니, 보통 하는 대로의 연극을 다시 생각하기 시작했다. 그냥 잊어버렸다. 그런데 1985년 1월에 파리 롱푸앵 극장에서의 실험 이후, 전적으로, 결정적으로, 지금 하는 말대로 생각하게 되었다.

『푸른 눈 검은 머리(Les Yeux Bleus Cheveux Noirs)』[9]에서처럼, 한 배우가 큰 소리로 책을 읽기. 다른 아무것도 하지 않고, 움직이지도 않고, 오로지 목소리만으로 텍스트를 책 밖으

9 1986년에 출간된 뒤라스의 소설로 이성애자 여자와 동성애자 남자의 '불가능한 사랑'을 주제로 한다. 연극 텍스트처럼 지문이 주어진 글이다.

로 끌어내기. 극은 온전히 말 속에 있다. 몸은 반발하지 않고, 말들로 인해 고통받는 몸의 드라마를 보여 주는 동작도 없다. 지금껏 나는 미사를 집전하는 사제의 말과 같은 힘을 지닌 연극의 말을 본 적이 없다. 교황을 둘러싼 사람들은 이상한 언어로 말하고 노래한다. 모든 음절이 똑같이 발음되는, 강세도 없고 억양도 없는, 단조로운, 연극에서도 오페라에서도 찾아볼 수 없는 말이다. 성 요한이나 성 마태오 수난곡의 서창부, 스트라빈스키의 「결혼」과 「시편 교향곡」에, 매번 처음인 양 창조되는, 단어의 울림까지 발음되는 음의 영역이 있다. 낱말이 가진 소리, 일상적인 삶에서는 들을 수 없는 소리. 나는 오직 그것만을 믿는다. 움직임이 거의 없는 그뤼버의 「베레니케」[10]를 보는 동안에도 나는 작은 움직임이 말을 멀어지게 해서 아쉬웠다. 베레니케의 하소연은 루드밀라 미카엘이라는 훌륭한 배우의 입에서 나왔음에도 그에 걸맞은 소리의 장(場)을 갖지 못했다. 어째서 모르는 걸까? 베레니케와 티투스라는 두 인물이 낭독하고, 라신이 연출하고, 인류가 관객이다. 그런데 무엇 때문에 살롱이나 규방 같은 곳에서 연기를 하는가? 내 말에 대해서 사람들이 어떻게 생각하든 상관없다. 내가 라신의 『베레니케』를 읽는 연극을 시도해 볼 수 있도록 자리만 마련된다면 그들도 알게 되리라. 이 모든 것의 시작은 『사바나 베

10 유대의 왕 아그리파 1세의 딸로, 왕국을 진압하러 온 티투스와 사랑에 빠져 로마까지 따라간다. 하지만 황위를 계승하는 과정에서 원로원의 반대에 부딪친 티투스는 베레니케와의 결혼을 포기하고 그녀를 고향으로 돌려보낸다. 베레니케와 티투스의 사랑은 장 라신(Jean Racine)의 『베레니케』를 비롯하여 여러 작품에 영감을 주었다. 독일의 연출가 그뤼버(Clauss Michael Grüber)는 1984년 라신의 『베레니케』를 배우들이 무대 위에 가만히 서 있는 방식으로 연출했고, 루드밀라 미카엘(Ludmila Mikaël)이 주인공 베레니케 역을 맡았다.

이(Savannah Bay)』[11]에서 젊은 연인들의 말을 전하는, 우리가 '옮겨진 목소리'라고 부른 그것이었다. 헤이그에서 공연할 때, 이상한 일이 일어났다. 내가 좋아하는 두 여배우가 그때까지 단 한 번도 이르지 못했던 일을 그날 일으켰다. 그녀들은 극장 전체를 눈 아래 두었다. 그녀들은 관객석을 바라보았고, 동시에, 연인들의 이야기를 들려주는 동안 극장 안에 어떤 일이 일어나는지 보여 주었다.

코메디 프랑세즈에서도, 빌라르의 T.N.P에서도, 오데옹에서도, 빌뢰르반에서도, 샤우뷔너에서도, 스트렐러의 피콜로 테아트로에서도,[12] 1900년 이래 그 어디에서도 여자의 연극은 상연되지 않았다. 여성 작가도 여성 연출가도 없었다. 그러다 나탈리 사로트와 내 작품이 장루이 바로[13]의 극단에서 공연되기 시작했다. 그 이전에는 조르주 상드의 극이 파리의 극장들에서 상연되었다. 이후 칠십 년, 팔십 년, 구십 년 넘도록없었다. 파리는 물론이고, 아마도 전 유럽에서 여자들의 극은 공연되지 않았다. 내가 발견한 사실이다. 아무도 말해 준 적이 없지만, 우리 곁에서 일어난 일이었다. 그러다 어느 날

11 1982년 출간된 뒤라스의 희곡으로, 1983년 뒤라스의 연출로 롱푸앵 극장에서 상연되었다. 중년의 여인 마들렌이 오래전 사바나 베이라는 곳에서 자살한 딸과 그 연인의 사랑에 대하여 한 젊은 여자와 주고받는 대화로 이루어진다.

12 T.N.P.는 1920년 파리에 세워진 국립 민중 극단으로, 1951년부터 1963년까지 장 빌라르(Jean Vilar)가 이끌었다. T.N.P.는 1972년에 오베르뉴론알프 지방의 빌뢰르반으로 옮겨 갔다. 샤우뷔너는 베를린의 극단이고, 피콜로 테아트로는 조르지오 스트렐러가 밀라노에 세운 극단이다.

13 Jean-Louis Barrault(1910~1994): 프랑스의 연출가로, 코메디 프랑세즈와 마리니 극장, 이후 오데옹 극장까지, 많은 고전 작품과 전위적인 작품들을 무대에 올렸다.

장루이 바로의 편지를 받았다. 나의 소설 『나무들 속에서 보낸 나날(Des journées entières dans les arbres)』을 연극으로 각색해 줄 수 있느냐고 했다. 하기로 했다. 그런데 각색한 작품이 검열에 걸렸다. 1965년에야 상연될 수 있었다. 큰 성공을 거두었다. 여자가 쓴 연극이 프랑스에서 거의 한 세기만에 상연되었다는 사실을 주목한 비평가는 없었다.

밤늦게 온 마지막 손님

오베르뉴 지방의 캉탈[14]을 지나가는 길이었다. 우리는 오후에 지중해의 생트로페에서 출발했고, 날이 저문 뒤에도 한참 동안 길 위에 있었다. 정확히 몇 년도였는지는 기억나지 않는다. 한여름이었다. 그와는 그해 초부터 함께했다. 혼자 갔던 무도회에서 처음 만났다. 그 일은 또 다른 이야기다. 그가 오리약에서 쉬었다 가자고 했다. 전보를 늦게야 받았다. 파리로 보낸 것을 받아서 다시 내가 있던 생트로페로 보내야 했기 때문이다. 장례식은 이튿날 오후 늦은 시각이었다. 오리약의 호텔에서 우리는 섹스를 했고, 하고 나서 또 했다. 그리고 아침에 또 했다. 그때, 그 여정 동안, 그 욕구가 내 머릿속에서 분명하게 나타난 것 같다. 그 남자로 인해서였다. 아마 그럴 것이다. 확신은 없다. 그 남자로 인해서, 아마도. 그렇다, 그의 욕망이 나의 욕망과 닿았으리라. 다른 남자, 밤늦게 온 마지막 손

14 프랑스 중남부의 오베르뉴 지방은 캉탈을 비롯한 네 개의 지역으로 이루어져 있다. 캉탈의 주도는 오리약이다.

님 누구와도 그랬으리라. 우리는 밤을 새우다시피 한 뒤에 아침 일찍 떠났다. 너무도 아름다운, 백 미터마다 굽이가 나타나며 끝없이 이어지는 끔찍한 길이었다. 그렇다, 그 여정 동안이었다. 그 이후에 단 한 번도 다시 일어나지 않은 일이었다. 장소는 이미 있었다. 몸. 우리가 머물렀던 호텔들의 방. 모래 덮인 강변. 밤이 장소였다. 성(城)들, 그 성벽 안에서. 사냥의 잔인성 속에서. 인간들의 잔인성 속에서. 공포 속에서. 숲속에서. 아무도 없는 숲길에서. 호수가 있었다. 하늘이 있었다. 우리는 강가에 방을 구했다. 다시 섹스를 했다. 우리는 서로에게 더는 말을 하지 못했다. 우리는 마셨다. 그가, 흥분도 하지 않은 상태로, 때렸다. 얼굴을. 몸을. 서로에게 다가갈 때마다 우리는 두려웠고, 떨었다. 그가 정원 안쪽의 성 입구까지 데려다주었다.[15] 장의사(葬儀社)에서 나온 사람들, 성을 관리하는 사람들, 어머니의 가정부가 있었고, 큰오빠가 와 있었다. 아직은 입관하지 않았다. 나를 기다리는 중이었다. 나의 어머니. 나는 차갑게 식은 어머니의 이마에 입을 맞췄다. 오빠는 울고 있었다. 옹젱 성당에서는 우리 셋이 있었다. 관리인들은 따라오지 않았다. 나는 강가 호텔에서 나를 기다리는 남자를 생각했다. 죽은 여인, 그리고 슬피 우는 그 아들을 보면서, 나는 마음이 아프지 않았다. 그 이후에도 그런 적이 없었다. 이어 공증인과 만났다. 나는 어머니의 유언장 조항에 동의했다. 모든 상속권을 포기했다.

그는 정원에서 나를 기다리고 있었다. 우리는 루아르 강

15 뒤라스의 어머니는 1953년 귀국하여 옹젱(Onzain)의 테르트르(Tertres) 성에서 지내다가 1956년에 사망했다.

변의 호텔에서 잤다. 그런 뒤에 며칠 동안 강 근처를 맴돌았다. 오후 늦게까지 방에 있었다. 술을 마셨다. 그리고 술을 마시러 나갔다. 그리고 호텔로 돌아왔다. 그리고 밤에 다시 나갔다. 열려 있는 카페를 찾아다녔다. 광기였다. 우리는 루아르 강을, 그 장소를 떠나지 못했다. 무엇을 찾는지는 말하지 않았다. 때로는 두려웠다. 깊은 고통에 짓눌렸다. 울었다. 그 말은 하지 않았다. 서로 사랑하지 않음을 아쉬워했다. 더 이상 아무것도 알지 못했다. 그 말을 했다. 우리의 삶에서 다시는 일어나지 않을 일임을 알았지만, 그에 대해서는 아무 말도 하지 않았다. 우리가 이상한 욕망을 마주하고 있다는 사실에 대해서도 말하지 않았다. 겨울 동안 광기가 이어졌다. 그런 뒤에는 조금 가라앉아서, 그냥 사랑 이야기가 되었다. 그러고 나서 나는 『모데라토 칸타빌레(Moderato Cantabile)』를 썼다.

술

몇 해 여름을 노플에서 혼자 술과 함께 살았다. 주말에는 사람들이 찾아왔다. 주중에는 큰 집에 나 혼자 있었다. 술은 그럴 때 온전한 의미를 띤다. 술은 고독이 울려 퍼지게 하고, 고독을 다른 어떤 것보다 좋아하게 한다. 술을 마신다고 꼭 죽고 싶어지지는 않는다. 그렇지 않다. 하지만 술을 마시면 늘 자살 생각을 하게 된다. 술과 함께 산다는 것은 죽음을 곁에 두고 사는 것이다. 술에 취한 상태에서 자살을 막아 주는 것은, 죽고 나면 더 이상 술을 마시지 못한다는 생각이다. 나는 연회와 정치 집회에 드나들면서 술을 마시기 시작했다. 처음에는 포도주를 마셨고, 나중에는 위스키를 마셨다. 그리고 마흔한 살 때, 정말 술을 좋아하는 남자를 만났다. 그는 매일 술을 마셨고, 하지만 적당한 양을 마셨다. 곧 내가 더 많이 마셨다. 나는 십 년 동안 계속 마셨다. 간경화가 시작되고 피를 토했다. 이후 십 년 동안 술을 끊었다. 첫 번째 금주였다. 다시 시작했고, 다시 끊었다. 이유는 모르겠다. 그 이후에 담배를 끊었고, 그러느라 다시 술을 마실 수밖에 없었다. 이제 다시 끊으면 세 번째 금주다. 아편과 대마초는 한 번도 피워 보지 않았다. 약물이라고는 십오 년 동안 매일 먹은 아스피린이 전부다. 약물에 중독된 적은 없었다. 위스키와 칼바도스로 시작했고, 내가 밋밋한 술이라고 부르는 맥주, 간에 가장 나쁘다고 하는 베르벤 뒤 블레[16]를 마셨다. 마지막으로, 포도주를 마시기 시작했다. 멈추지 않고 계속 마셨다.

술을 마시기 시작한 뒤 금방 알코올 중독이 되었다. 곧 알코올 중독자처럼 마시기 시작했고, 모두 내 뒤로 처졌다. 처음에는 저녁에 마셨고, 이어 낮에 마셨고, 이어 오전에 마셨고, 이어 밤에 마시기 시작했다. 처음에는 하룻밤에 한 번 마셨고, 이어 두 시간에 한 번 마셨다. 약물에 중독된 적은 없었다. 마약까지 시작했다가는 순식간에 걷잡을 수 없게 되리라는 사실을 알고 있었다. 늘 남자들과 마셨다. 술은 격렬한 섹스의 추억으로 이어진다. 술은 그것을 빛나게 해 주고, 그것과 분리되지 않는다. 하지만 머릿속에서만이다. 술은 섹스의 대용품이지만, 절대 그 자리를 차지하지는 않는다. 일반적으로 섹스 중독자들은 알코올 중독자가 아니다. 알코올 중독자들은 아무리 '밑바닥'까지 떨어져도 지적인 사람들이다. 이제 부르주아들보다 훨씬 더 지적인 계급이 된 프롤레타리아들이 술을 더 많이 즐긴다. 전 세계 어디서나 마찬가지다. 인간이 하는 모든 일 중에서 육체노동은 가장 많은 생각을 하게 하고, 따라서 술을 많이 마시게 한다. 사상의 역사를 한번 돌아보라. 술은 말하게 한다. 그것은 논리의 착란에 이른 정신이며, 어째서 이

16 오베르뉴 지방 르퓌앙블레(Le Puy-en-Velay)의 레몬 베르벤(버베나, 마편초)으로 만든 증류주.

런 사회가, 어째서 불의가 지배하는지 미치도록 이해하고 싶어 하는, 늘 같은 절망적 결론에 이르는 이성이다. 술 취한 사람은 거칠 때도 있지만, 음란하지는 않다. 때로 분노가 치솟고, 죽이기도 한다. 너무 많이 마시면 지옥 같은 삶의 쳇바퀴가 시작되는 지점으로 되돌아온다. 행복에 대해 말한다. 행복이 불가능하다고 말하지만, 행복이라는 말이 무엇을 의미하는지 안다.

존재해야 할 신(神)이 없기 때문이다. 청소년기의 어느 날에 그 공허를 알게 되면, 그것은 절대 없었던 일이 될 수 없다. 술은 우주의 공허를 지탱하려고, 행성들의 균형 상태를, 그 어떤 것에도 동요 없이, 당신이 고통을 느끼는 이유에 아무런 관심도 없이, 우주 속에서 흔들림 없이 회전하는 그 상태를 지탱하기 위해 존재한다. 술을 마시는 사람은 행성들 사이를 오간다. 행성 사이에서 움직인다. 행성 사이에서 엿본다. 술은 아무것도 달래 주지 못한다. 개인의 심리적 공간을 채워 주지 못한다. 있어야 할 신이 없는 자리를 채울 뿐이다. 술은 인간을 달래 주지 않는다. 오히려 광기에서 힘을 내게 하고, 운명의 주인이 될 지고의 영역으로 데려간다. 그 어떤 인간도, 여자도, 그 어떤 시나 음악이나 문학이나 미술도, 술이 인간에게 행하는 기능, 중요한 창조 행위를 한다는 환상을 대신하지 못한다. 술은 바로 그러한 창조 행위를 대신하기 위해 존재한다. 분명히 신을 믿었을 테지만 이제 더 이상은 믿지 않는 많은 사람들을 위해서 그 일을 한다. 술은 결실을 맺지 못한다. 취기의 밤 동안 인간이 한 말들은 낮이 되면 취기와 함께 사라지기 때문이다. 취기는 그 어떤 것도 창조하지 못한다. 말 속으로 들어가지 못하고, 지적 이해력을 흐리게 하고 느슨하게 한다. 나는 술을 마시면서 말했다. 그 누구도 말한 적 없는 것을 말했다는 확신, 그것은 전적으로 환상이다. 술은 창조한 것을 남겨 두지 않는다. 그것은 바람이다. 말(言)과 같다. 나는 술을 마시면서 글을 썼다. 나에게는 취기가 다가오지 못하도록 막는 능력이 있다. 아마도 취해 버린 상태를 혐오하기 때문이리라. 나는 취하기 위해 마신 적이 없다. 빨리 마신 적이 없다. 쉬지 않고 마셨지만 절대 취하지 않았다. 세상에서 물러난, 그 무엇도 와닿을 수 없는 상태가 되지만, 절대 취하지는 않았다.

여자가 술을 마시면 동물이나 아이가 술을 마시는 것과 같다. 알코올 중독은 여자일 경우에 더 큰 파문을 일으킨다. 알코올 중독에 빠진 여자는 드물다. 심각한 일이다. 여자들에게 주어진 신성한 본성에 모욕을 가하는 일이다. 내 주변에도 파문이 퍼졌다. 그 시절에는 그런 일에 공개적으로 맞서려면, 예를 들어 밤에 술집에 혼자 들어가려면, 이미 마신 상태여야만 했다.

술을 너무 마신다는 말을 듣게 되면 이미 늦었다. "넌 술을 너무 많이 마셔." 이런 말은 어떤 경우든 충격적이다. 자신이 알코올 중독 상태임을 스스로 깨닫는 사람은 없다. 백 명이면 백 명 모두 그런 말을 모욕으로 받아들이며 응수한다. "나한테 유감이 있으니까 그렇게 말하지." 나는 이미 상당히 심각해진 상태에서 그 말을 들었다. 우리는 원칙들로 인해 마비되어 버린, 그러니까 사람들이 죽어 가도 어느 정도까지는 내버려 두는 세상에 산다. 약물 중독의 경우는 그렇지 않다. 약물은 중독된 사람들과 그렇지 않는 사람들을 완벽하게 갈라놓는다. 약물은 거리에, 허허벌판에 내던지지 않는다. 거리를 떠돌게 하지 않는다. 술은 거리로 내몰고, 노숙자 보호소로 보내고, 그곳에서 다른 알코올 중독자들과 어울리게 한다. 약물 중독은 아주 짧다. 죽음이 빨리 닥친다. 언어 장애와 흐리멍덩한 상태가 오고, 덧문을 닫아걸고 꼼짝하지 않게 한다. 술을 끊고 나면 그 어떤 것도 위로가 되지 않는다. 술을 끊고 나서, 이전의 나와 같은 알코올 중독자들에게 연민을 느꼈다. 난 정말 많이 마셨다. 그리고 사람들이 날 도와주러 왔다. 하지만 그것은 나의 이야기이고, 술 이야기가 아니다. 진짜 알코올 중독자들은 놀랍도록 단순하다. 아마도 세상에서 가장 단순하다. 고통이 고통을 주지 않는 상태다. 거리의 부랑자들은, 바보 같은 말이기는 하지만, 불행하지 않다. 그들은 아침부터 밤까지 온종일 취해 있다. 그런 삶은 거리에서가 아니면 불가능하다. 1986년 말부터 1987년 초까지의 겨울 동안 거리의 부랑자들은 노숙자 보호소에 들어가자마자 포도주병을 빼앗기느니 차라리 죽음을, 추위를 선택했다. 모두 그들이 보호소로 들어가려 하지 않는 이유를 궁금해했다. 내가 말한 바로 그 이유다.

밤이 가장 힘든 건 아니다. 하지만 불면증이 심하면 밤이 가장 위험하다. 집 안에 술이 한 방울도 없어야 한다. 나 역시 포도주 딱 한 잔을 시작으로 다시 술을 마시기 시작한, 그런 부류에 속한다. 의학적으로 우리를 뭐라고 부르는지는 모르겠다.

알코올 중독에 빠진 몸은, 말하자면 여러 구역이 긴밀하게 연결된 발전소와 같다. 제일 처음 뇌가 영향을 받는다. 생각이다. 행복이 처음에는 생각으로 오고, 이어 몸으로 느껴진다. 사로잡고, 서서히 빨아들이고, 실어 간다. 그렇다, 실어 간다는 말이 맞다. 어느 정도 지났을 때 선택의 순간이 온다. 무감각해질 때까지, 자기가 누구인지 모르게 될 때까지 계속 마실지 아니면 막 시작된 행복 속에 머물지. 말하자면, 매일 죽을지 아니면 계속 살지.

6구(區)의 환락

전 세계 사람들이 이야기하는 파리 6구의 환락을 나는 다 놓쳤다.

'타부'[17]에는 한 번 가 보았다. 어쩌면 두 번이다. 아니, 아닐 것이다. 카페 '되마고'와 '플로르'에는 눈길을 주기도 했다. 하지만 아주 가끔이었다. 『히로시마(Hiroshima)』 이후 사람들이 알아보기 시작하면서 그것도 끝났다. 그 끔찍한 테라스들을 나는 늘 피해 다녔다. '립'은 페르난데스[18] 때문에 다녔다. 나는 그냥 '카트르 세종'에 갔다.

왜 그랬을까?

자존심 때문이었다. 나는 키가 너무 작아서 키 큰 여자들이 모이는 곳에는 가지 못했다. 나는 매일 같은 옷을 입었다. 검정 원피스. 전쟁 동안 입던 옷, 어디서나 무난한 옷이었다. 젊은 사람들이 흔히 그렇듯이 나는 유행에 끼지 못하는 데서

17 1947년부터 1962년까지 파리에 있던 재즈 댄스홀.

18 Ramon Fernandez(1894~1944): 프랑스의 작가, 기자.

수치심을 느꼈다. 나의 삶은 여러 가지 이유로 수치심에 덮였다.

얼마 지나지 않아 더 이상 '타부'나 '되마고'에 갈 수 없게 되었다. 금방 그렇게 됐다. 사람들이 모이는 곳 혹은 춤추는 곳이면 다 그랬다. 내가 젊었을 때, 여자들 얘기다.

빈롱

빈롱이 있었고, 그리고 하노이가 있었다. 빈롱에 대해서는 이미 얘기했지만, 하노이는 한 번도 이야기한 적이 없다. 빈롱, 이미 말했듯이 그곳은 코친차이나[19]의 벽지였다. '철새들의 들판'이 시작되는 곳이고, 아마도 이 세상에서 물이 가장 많은 고장이리라. 그 일이 일어났을 때 나는 여덟 살에서 열 살 사이였다. 벼락처럼 혹은 신앙처럼 찾아온 일. 내 삶 전체에 자국을 남긴 일이었다. 일흔두 살인 지금도 어제 일처럼 떠오른다. 초소가 있던 좁은 길들, 낮잠 시간, 백인 동네, 화염목이 늘어선 텅 빈 거리. 잠자는 강. 그리고 검정 리무진을 타고 지나가던 여인. 그녀의 이름은 안마리 스트레테르와 거의 같다. 스트리에테르였다.[20] 빈롱 행정관의 아내. 그들 사이엔

19 프랑스령 인도차이나에서 베트남 남부의 사이공(현재 호찌민)을 중심으로 한 남부 지역을 부르던 이름.

20 뒤라스가 어린 시절 빈롱에서 본 행정관의 아내 엘리자베스 스트리에테르(Elizabeth Striedter)는 뒤라스의 소설 『부영사(Le Vice-Consul)』(1966)와 영화 「인디아 송(India Song)」(1975)에 안마리 스트레테르(Anne-Marie Stretter)로

아이가 둘 있었다. 그들은 라오스에서 왔고, 그녀에게는 연인이 있었다. 그녀가 떠난 뒤 홀로 남은 남자는 자살을 했다. 모든 것이 그곳에 있었다. 「인디아 송」처럼. 젊은 남자는 라오스에, 메콩강 북쪽 끝에, 그들이 처음 만난 곳에 남았다. 그곳에서 죽었다. 루앙프라방[21]이었다.

빈롱. 남자가 있는 곳에서 천 킬로미터 아래까지, 남자와 여자를 이어 주는 강이 흘렀다. 아직 어렸던 그때 내 몸속에서 일어난 흥분이 기억난다. 나에게 아직 금지되어 있던 것을 알게 해 준 흥분이었다. 세상은 한없이 넓었고, 아주 명료하게 복잡했다. 이해해야 하는 것을 이해하지 못하고 있음을 안다는 사실을 아주 명료하게 말해 줄 수 있는 단어가 있을까. 그 누구한테도, 어머니한테도 말하지 말아야 했다. 그때 나는 어머니가 그런 일에 대해서 자식들에게 거짓말을 한다는 사실을 알고 있었다. 나 혼자만 알아야 했다. 그때부터 그 여인은 나의 비밀이 되었다. 안마리 스트레테르.

등장한다.

21 라오스 북부에 위치한 고대 도시.

하노이

그리고 하노이가 있었다. 아직까지 한 번도 말한 적이 없다. 이유는 모르겠다. 빈롱 이전에, 육 년 전에 하노이가 있었다. 어머니가 산 '작은 호수'[22] 변의 집이었다. 어머니는 기숙 학생들을 받았다. 남자아이들. 열두 살에서 열세 살 사이의 베트남과 라오스 소년들이었다. 어느 날 오후, 그중 하나가 나에게 자기 '아지트'로 가자고 했다. 나는 무섭지 않았다. 따라갔다. 집에 딸린 나무 건물 두 채 사이였을 것이다. 기억 속에 그곳은 나무 벽 사이로 난 좁은 복도 같다. 책 속에서 여자아이가 순결을 빼앗기는, 두 탈의실 사이가 바로 그곳이다. 호수는 바다로 바뀌었다. 쾌락은 그 성질과 원칙을 드러내며 그때 이미 있었다. 그리고 그 쾌락은, 제대로 알 수 있을 때가 아직 몇 광년이나 멀리 있는 자리에서 미리 신호를 받아 버린 아이의 몸속에 나타난 그 순간부터, 잊을 수 없는 것이었다. 이튿날 어머니가 베트남 소년을 쫓아냈다. 내가 어머니한테 얘기

22 하노이의 호안끼엠 호수를 말한다.('큰 호수'는 '타이 호수'를 가리킨다.)

해야, 전부 털어놓아야 한다고 믿었기 때문이다. 기억이 선명하다. 나는, 말하자면 손을 탔기 때문에 명예를 더럽힌 아이였다. 그때 네 살이었다. 그 소년은 아직 사춘기도 안 된 열한 살 반이었다. 성기는 아직 물렁했고, 부드러웠다. 그 아이는 내가 해야 할 일을 말해 주었다. 내 손이 그것을 잡았다. 그 아이의 손이 내 손 위에 놓였고, 두 개의 손이 힘껏 그것을 주물렀다. 그리고 그 아이의 손이 멈추었다. 그때 내 손안에 있던 것의 모양을, 온기를 잊을 수 없다. 그 아이의 얼굴, 두 눈을 감고, 순교자의 표정으로, 아직 다가갈 수 없는 쾌락을 향해 힘겹게 기어오르던, 기다리던, 그 얼굴.

나는 그날 이후 어머니에게 이 이야기를 다시 꺼낸 적이 없다. 평생 동안 어머니는 내가 그 일을 잊었다고 믿었으리라. 어머니는 나에게 말했다. "이젠 생각하지 마, 절대! 절대!" 나는 오랫동안 그 일을, 끔찍한 어떤 것을 생각하듯 계속 떠올렸다. 나중에 프랑스에서 남자들에게 그 일을 이야기해 주었다. 그리고 나는 어머니가 그날의 아이들 장난을 평생 동안 잊지 않았음을 알고 있었다.

장면은 저절로 자리를 옮겼다. 나와 함께 자라났고, 한순간도 날 떠나지 않았다.

검은 덩어리

글을 쓸 때 작용하는 본능 같은 것이 있다. 쓰게 될 것은 어둠 속에 이미 있다. 쓰기는 우리 바깥에, 시제들이 뒤섞인 상태로 있다. 쓰다와 썼다 사이, 썼다와 또 써야 한다 사이. 어떤 상태인지 알다와 모르다 사이. 완전한 의미에서 출발하기, 의미에 잠기기와 무의미까지 다가가기 사이. 세계 한가운데 놓인 검은 덩어리라는 이미지가 무모하지 않다.

그것은 아리스토텔레스가 말한 가능태로부터 현실태로의 이행이 아니다. 발현이 아니다. 한 상태에서 다른 상태로의 이행이 아니다. 이미 있는 것에 대한 해독이다. 당신의 삶이 잠든 동안, 당신의 삶이 유기체로 되풀이되는 동안 스스로 알지 못한 채로 당신이 이미 해 놓은 것에 대한 해독이다. 그것은 '이동'이 아니다. 그렇지 않다. 내가 지금 말하려는 것은 글을 쓰기 전에, 남들은 아직 읽을 수 없는 것을 미리 읽는 본능이다. 다시 말해, 스스로 써 놓은 것을, 남들은 아직 해독할 수 없는 자기 글의 첫 상태를 읽는 것이다. 타인들의 글쓰기 쪽으로 후퇴하고 다가가는 것, 그래서 그들이 책을 읽을 수 있도록 하는 것이다. 다르게 말해도, 다른 용어를 사용해도 마찬가지다. 당신 앞에 삶과 죽음 사이에 있는, 전적으로 당신에게 달린 검은 덩어리가 놓여 있다. 이미 있는 것과 그 자리에 있게 될 것이 대치하고 있다는 그 감정을 나는 자주 느낀다. 나는 그 둘 가운데 있고, 그 덩어리를 끌어내서 옮긴다. 근육을 써야 하는, 거의 육체적인 일이다. 기술이 필요하다. 당신 자신 안에서 글을 쓰지 않은 부분, 항시 사유라는 높은 곳에 있는, 언제든 사라질 수 있고 다가올 이야기의 변경에서 용해되어 버릴 수 있을, 절대 글쓰기의 층위로 내려오지 않을, 힘겨운 사역을 거부하는 바로 그 부분을 앞질러 가야 한다. 때로 글을 쓰지 않는 그 부분이 잠들어 항복함을, 책이 될 평범한 것 속으로 송두리째 쏟아짐을 느끼기도 한다. 두 상태 사이에는 행복의 정도가 다른 중간 단계들도 많다. 정말로 행복할 때도 있다. 『연인(L'Amant)』을 쓰면서 나는 한 가지 사실을 발견한 느낌이었다. 그것이 나보다 앞서, 모든 것에 앞서 있었다는 것, 그렇지 않다고, 그것은 나에게 속해 있었으며 나를 위해 있었다고 생각하게 된 뒤에도 그 자리에 있는 그대로 남아 있으리라는 것이었다. 거의 그랬다. 술에 취한 사람의 말, 알아듣기 쉽고 단순한 말처럼 쉽게 글쓰기로 옮겨졌다. 그러다 갑자기, 마치 갑각류의 껍질을 뒤집어쓴 것처럼, 저항하며 버틴다. 그 어떤 것도 자기에서 자기로, 자기에서 남으로 더 이상 옮겨 가지 않는 상태다. 내가 이미 아는데, 글로 넘어가지 않겠다고, 마치 불가능한 일이라는 듯 거의 비극적으로 버티고 있는 그것. 어떻게 말해야 할까? 어떻게 묘사해야 할까? 두 단어를 연결 짓고 나면, 십 분 뒤에 다시 글이 나온다.

쓰기는 어떤 이야기를 들려주기가 아니다. 그 반대다. 쓰기는 전체를 동시에 다 이야기하기다. 하나의 이야기를, 그리고 그 이야기의 부재를 이야기하기. 부재를 통해 있는 이야기를 이야기하기. 에스 탈라의 무도회가 롤 베 스타인을 파괴했다. 에스 탈라의 무도회가 롤 베 스타인을 세웠다.

『롤 베 스타인의 환희(Le Ravissement de Lol V. Stein)』는 예외적인 책이다. 하나뿐인 책. 그 책 하나가 독자-저자들을 둘로 갈라놓았다. 롤 베 스타인의 광기에 동조한 독자-저자와 그렇지 않은 독자-저자가 있다.

나는 내가 계속 말한 것과 말하지 않은 것을 구분하려 한다. 우선 그 책에 대해서 내가 이미 말한 것. 에스 탈라의 무도회에서 롤 베 스타인은 자기 약혼자와 검은 옷을 입은 알 수 없는 여인이 함께 있는 모습에 정신을 빼앗겼고, 고통받는 일조차 잊었다. 그녀는 약혼자가 자기를 잊는 것에, 배반하는 것에 고통을 느끼지 않았다. 그리고 그렇게 고통을 억눌렀기 때문에 미친다. 다르게 말할 수도 있으리라. 그러니까, 그녀는 약혼자가 다른 여자에게 가 버리리라는 사실을 알았고, 자기에게 불리한 그 결정에 온전히 동조했고, 그래서 광기에 빠진다. 그것은 망각이다. 물이 얼 때 비슷한 현상이 일어난다. 물은 0도에서 얼지만, 때로 기온이 충분히 낮아도 대기 흐름이 정지 상태에 가까울 때면 물은 어는 것을 잊는다. 물이 영하 5도까지 내려간다. 그때 언다.

말하지 않은 게 있다. 내 책들에 나오는 여자들은 나이와 관계없이 모두 롤 베 스타인에서 비롯한다. 다시 말하면, 모두 스스로에 대한 망각에서 나온다. 모두 눈이 맑다. 모두 경솔하고 무모하다. 모두 자신의 삶을 망친다. 모두 겁을 먹고, 길거리와 광장을 두려워하고, 행복을 기대하지 않는다. 「갠지스강의 여인(La femme de Gange)」부터 원고가 없어진 마지막 상태의 롤 베 스타인까지, 내 책과 영화 속의 여자들은 모두 닮았다. 잃어버린 원고 속에 담겼던 그 생각은 어디서 온 걸까? 모르겠다. 알코올 중독 치료 이후에 겪었던 환각 증세 중 하나가 분명 그것과 같았다.

그것은 도시에서 일어났다. 카지노가 불을 밝혔고, 그날과 똑같은 무도회가, 마치 이십 년 동안 멈춘 적이 없다는 듯 이어졌다. 그렇다, 그런 것 같다. 에스 탈라의 무도회가 다시 열렸고, 이번에는 연극 공연과 같은 규모였다. 롤 베 스타인에 대해 더 많이 알게 되지는 않는다. 그건 이미 끝났다. 이제 그녀는 죽을 것이다. 더 이상 내 머릿속에 버티고 있지 않을 것이고, 이제 날 내버려 둘 것이다. 나는 그녀를 죽인다. 그녀가 더 이상 내 길에 나타나지 않도록, 내 집들 앞에, 내 책들 앞에 누워 있지 않도록, 바람과 추위 속에서 사시사철 나의 해변에서 잠들지 않도록, 기다리지 않도록, 마지막으로 한 번 더 쳐다봐 달라고 기다리지 않도록, 그녀를 죽인다. 모두 그녀의 광기를 축하한다. 그녀는 늙었고, 가마를 타고 카지노에서 나온다. 그녀는 이제 중국인이다. 두 남자가 마치 관을 짊어지듯 가마를 어깨에 멨다. 롤 베 스타인은 짙고 서툰 분칠을 알록달록하게 했다. 그녀는 자신에게 일어나는 일을 알지 못한다. 그녀는 사람들을, 도시를 바라본다. 머리카락을 염색했고, 창녀처럼 짙은 화장을 했다. 완전히 부서졌다. 아니, 어쩌면, 태어났다. 그녀는 나의 삶에서 가장 아름다운 문장이 되었다. "여기서 저기 강까지, 에스 탈라다. 그리고 강 너머, 그곳도 에스 탈라다."[23]

탈라는 그 여름밤에 로슈누아르의 다락방에서 푸른 눈 검은 머리의 외국인 청년이 외친 말이다.

며칠 전에 리우데자네이루에 다녀온 친구가 말했다. "알아? 그 어려운 책, 『롤 베 스타인』 말이야. 비행기에서 내린 뒤 공항의 서점 진열장에서 제일 처음 눈에 띈 게 반짝이는 글씨로 써 있는 『O Deslumbramento 5° Ediçâo』[24]였다니까."

롤 베 스타인.
미친 여인.
에스 탈라에서의 무도회에 멈춰 선 여인. 그녀는 여전히 무도회에 있다. 무도회가 점점 커진다. 그녀 주위에 점점 더 큰 동심원을 그린다. 이제 그 무도회, 그 무도회의 소문이 뉴욕까지 갔다. 이제 롤 베 스타인은 내 책의 인물들 중 제일 앞서간다. 신기하다. 롤 베 스타인이 제일 잘 '팔린다.' 나의 미친 여인.

23 뒤라스의 소설 『사랑(L'Amour)』(1972)에 나오는 구절이다.

24 'O Deslumbramento'는 '환희, 미혹'을 뜻하는 포르투갈어로, 뒤라스의 『롤 베 스타인의 환희』의 포르투갈어 번역본 제목이다. '5° Ediçâo'는 '5번째 판'이라는 뜻이다.

보나르

아니다…… 모네나 마네가 아니었다. 보나르였다. 베른의 대형 미술품 수집상이었다. 피에르 보나르의 그림 하나를 보았다. 한 여인이 가족과 함께 배에 타고 있는 그림이었다. 보나르는 배의 돛을 다시 그리고 싶어 했다. 계속 요구하는 바람에 그림을 다시 가져가게 해 주었다. 그림을 돌려받을 때, 보나르는 이제 완성되었다고 했다. 그런데 돛이 모든 것을 삼켜 버렸다. 바다도, 배에 탄 사람들도, 하늘도, 모두 돛에 눌렸다. 책에서도 일어나는 일이다. 한 문장으로 책의 주제가 바뀐다. 모르고 있다가 문득 고개를 들어 창문을 보면 어느새 저녁이 되어 있다. 이튿날 아침이면 책은 다른 책이 된다. 그림도 글도 전적으로 명료한 의식으로 이루어지지는 않는다. 그걸 말할 단어가 없다. 영원히.

스카프의 푸른색

책 속의 젊은 여인이 매고 있는 푸른색 스카프. 그것이 어떤 푸른색인지 오직 나만이 알고 있다. 알아야 하는 중요한 공백들도 있지만, 이건 아니다. 예를 들어, 그녀의 미소와 그녀의 눈길도 오직 나만 볼 수 있다. 나는 그것을 당신에게 묘사할 수 없다. 당신에게 보여 줄 수 없다. 그 누구에게도 불가능하다.

저자 자신이 모르는 것들이 있다. 나에게는 롤 베 스타인이 연 야회, 타티아나 카를[25]이 사람들과 당구를 치는 자리에서 롤 베 스타인이 보인 몸짓, 그녀의 대담함이 그렇다. 집 안쪽에서 바이올린 소리가 들린다. 롤의 남편이 연주하고 있다. 그날 만찬에서 롤 베 스타인의 태도, 자크 홀드와의 은밀한 합의, 책의 결말을 바꾸어 놓은 그것을 어떻게 옮겨야 할지 모르

25 『롤 베 스타인의 환희』에서 주인공과 함께 에스 탈라의 무도회에 갔던 친구이다. 약혼자를 빼앗긴 뒤 다른 남자와 결혼한 롤라 발레리 스타인은 십 년 만에 고향으로 돌아와서 타티아나와 재회하고, 타티아나의 정부인 자크 홀드와 밀회를 이어 간다.

겠다. 그것이 가지는 의미도 말할 수 없다. 나는 롤 베 스타인과 함께고, 롤 베 스타인은 자기가 뭘 하는지, 왜 하는지 완전히 알지 못하기 때문이다. 블랑쇼는 내가 자크 홀드 같은 매개자를 사용해서 롤 베 스타인에게 다가갔다고 비판했다.[26] 그는 내가 매개자 없이 롤 베 스타인과 있기를 바란다. 그런데 롤 베 스타인이 다른 누구와 무언가를 하고 있을 때만 내게 그녀의 목소리가 들리고 그녀의 모습이 보인다. 롤 베 스타인은, 부영사와 달리, 나와 몸끼리 닿아 있지 않다. 하나의 글은 함께 나아가는 전체라서, 결코 선택의 문제가 아니다. 어떤 책의 끝에서 한 인물이 내가 생각한 인물이 아닌 다른 어떤 인물을 사랑했음을 알게 되더라도, 나는 책의 과거를, 이미 쓰인 것을 바꾸지 않을 터다. 차라리 앞날을 바꾸리라. 나는 사랑이 내가 생각한 그것이 아님을 알게 되는 순간에 바로 그 새로운 사랑과 함께 있고, 새로운 사랑과 함께 떠난다. 나는 버려진 사랑이 가짜였다고 말하지 않고, 그 사랑이 죽었다고 말한다. L.V.S.가 연 야회 이후에도 색들은 그대로다. 벽의 색도 정원의 색도 그대로다. 무엇이 바뀌게 될지 아직 아무도 모른다.

글에 대해 많은 이야기를 했다. 하지만 나는 글이 뭔지 모른다.

26 『롤 베 스타인의 환희』의 화자는 고향에 돌아온 롤 베 스타인과 사랑에 빠진 자크 홀드이다. 전 애인 타티아나의 말을 믿지 못하는 그는 상상을 더해 이야기를 이어 간다.

남자

일반론을 좋아하는 사람이라면, 『죽음의 병(La Maladie de la mort)』이 『푸른 눈 검은 머리』의 처음이었다고 말할 것이다.[27] 하지만 『죽음의 병』은 일종의 고발이었고, 『푸른 눈 검은 머리』는 전혀 그렇지 않다.

페터 한트케[28]부터 모리스 블랑쇼까지, 사람들은 『죽음의 병』이 여자들과 함께하는 남자들에 대한 안티테제라고 생각했다. 그럴지도 모른다. 아무튼 내가 보기에 남자들이 『죽음의 병』에 관심을 가진 까닭은 그 안에 무언가 더 있음을, 그리고 그것이 자신들과 관계된다는 사실을 예감했기 때문이다. 그것을 보았다는 게 놀랍다. 하지만 『죽음의 병』에는 남자들과 함께하는 남자들 중 한 남자가 있음을, 그 너머에, 분명

27 1982년에 출간된 뒤라스의 소설 『죽음의 병』은, 여자를 사랑할 수 없는 남자(동성애자)와 그의 곁에서 그의 절망을 바라보는 여자(창녀)의 이야기인 『푸른 눈 검은 머리』와 등장인물 및 주제가 비슷하다.

28 Peter Handke(1942~): 오스트리아의 작가, 번역가. 뒤라스의 『죽음의 병』을 연극과 영화로 만들었다. 2019년 노벨 문학상을 수상했다.

하게, 여자들하고만 함께하는 남자가 있음을 보지 못한 것 역시 놀랍다.

남자들은 동성애자다. 모든 남자들은 잠재적으로 동성애자다. 모르고 있을 뿐이고, 드러내 줄 사건이나 증거를 만나지 못했을 뿐이다. 동성애자들은 그것을 알고, 그렇게 말한다. 동성애자를 만난 적이 있고 진정으로 사랑했던 여자들 역시 그것을 알고, 그렇게 말한다.

가면을 쓴 게이, 성가시게 끼어들고, 시끄럽고, 매력적이고, 우스꽝스러운 그들은 어느 자리에서나 인기를 끈다. 그들은 몸과 머리 한가운데에 남자와 여자가 하나의 근원에서 나온 다른 유기체라는 모순의 죽음을, 여자라는 두 번째 항(項)의 완전히 죽음을 담고 있다.

그것은 진짜 경험의 결실이라기보다는 직감을 통해 얻어진다. 남자들에게서 실제로 일어나는 일에 대한 일종의 명백한 지각이다. 남자에 대해, 남자의 일반적 상태에 대한 개인적 지식이 아니라, 그냥 명증한 사실이다. 나는 더 이상 단어를 사용해서 부르지 않는다. 이제 알기 때문에, 나에게는 이제 그것을 말하기 위한 단어가 없다. 그냥 있고, 더 이상 이름 붙이지 않는다. 멀리서, 말하자면 은유를 통해서 가능하다. 이제 나는 전에 『죽음의 병』에서처럼 말하지 않는다. 이제는 한 단어의 차이라고 말한다. 그 단어가 뭔지는 아무도 모른다. 그것은 한 단어에, 한 단어를 말하는 행위에 드리운 그림자 정도다. 특별할 게 없는 색. 한순간, 이상한 푸른색. 미세한, 하지만 중대한 차이. 혹은 어쩌면 반대로, 그렇게, 사방에, 바다에도 땅에도, 그림자의 부재. 그리고 두 눈 속에, 사랑의 부재에서

오는 아주 감미로운 베일.

상상력은 그 어디보다 남자와 여자 사이에서 가장 강하게 작동한다. 그래서 남자와 여자를 나누는 것은 바로, 여자로서는 점점 더 강하게 호소하게 하고 여자를 탐하는 남자는 굳어 버리게 하는 것, 불감증이다. 여자 자신도 대부분의 경우 자신의 욕망을 앗아 가는 병의 정체를 알지 못한다. 여자에게는 욕망이 무엇인지, 욕망이 어떻게 나타나는지 알지 못하게 될 때가 생각보다 훨씬 자주 있다. 여자는 다른 여자들처럼 욕망을 느끼기 위해서는 해야 할 일이 있다고 믿는다. 그 점에 대해 할 말은 단 한 가지뿐이다. 사람들이 흔히 상상이 부재한다고 믿는 지점이야말로 상상력이 가장 강한 장소다. 그게 바로 불감증이다. 불감증은 자기를 가지라고 내어주는 남자를 원하지 않는 여자가 상상하는 욕망이다. 그것은 아직 여자에게 오지 않은, 아직 여자가 알지 못하는 남자를 향한 욕망의 불감증이다. 여자는 미지의 남자에게, 그의 소유가 되기 전에 미리 충실하다. 불감증은 그 남자가 아닌 대상을 욕망하지 않는 것이다. 불감증의 결말은 예측 불가능하고 한계 지을 수 없는, 남자들은 절대 알 수 없는 개념이다. 그것은 오로지 여자가 자신의 연인에 대해서 가지는 욕망이다. 그 남자가 누구든, 어떤 사회 계층 출신이든, 여자가 그를 향해 욕망을 느꼈다면 그는 여자의 연인이 될 것이다. 이 세상에서 단 한 사람만을 향하는 통제 불가능한 소명, 그것은 여자의 몫이다. 이성애 연인들 사이에서 욕망이 사람에게 달라붙는 경우도 있다. 남자도 상대가 바뀔 때 여자처럼 불감증이 되고 성불능이 되는 것이다. 하지만 드문 일이다. 이것이, 급진적이고 절망적이기는 하지만, 진실에 가장 가까이 다가가는 개념들이다.

이성애는 위험하다. 두 욕망이 완전한 쌍방성에 이르기를 바라게 된다.

이성애 안에는 해답이 없다. 남자와 여자는 화해할 수 없다. 그래도 새로운 사랑이 올 때마다 되풀이하는 그러한 불가능한 시도가 바로 이성애의 위대함이다.

동성애에서 사랑은 동성애 그 자체다. 동성애자가 사랑하는 연인은 자기 고향과 자기 창조와 자기 땅이다. 연인이 아니다. 동성애는 그렇다.

우리 여자들에게 연인의 욕망이 와닿는 곳은 우리 몸속에서 공동(空洞)처럼 울려 퍼지는 자리, 질(膣)이다. 우리 연인의 성기가 부재하는 자리. 우리는 연인을 착각할 수 없다. 다시 말하면 단 한 남자를 위해, 우리 연인을 위해 만들어진 자리에 다른 성기가 들어와 있음을 상상할 수 없다. 낯선 남자가 닿으면 불쾌감 탓에 비명을 지른다. 우리는 연인이 우리를 소유하듯 연인을 소유한다. 우리는 서로 소유한다. 그러한 소유의 자리는 절대적 주관성의 자리다. 거기서, 우리의 연인은 우리가 해 달라고 애원하는 것보다 더 세게 밀어 넣는다. 그리고 우리 몸 전체로 메아리쳐 퍼져 가고, 머리까지 텅 비게 한다. 그럴 때 우리는 죽고 싶어진다.

여자를 겪지 않은, 여자의 몸을 만져 본 적이 없는 작가,

여자들의 책, 여자들이 쓴 시를 읽어 보지 않은 작가는 스스로 작가로서 경력을 쌓았다고 생각한들 어차피 착각이다. 그런 것도 모르면서 정신적인 스승이 될 수는 없다. 동료들 사이에서도 마찬가지다. 나는 롤랑 바르트(Roland Barthes)와 친분이 있었지만, 단 한 번도 그에게 감탄할 수 없었다. 내가 보기에 그는 학자티를 내고, 늘 조심스럽고, 늘 편파적이다. 『신화론(Mythologies)』 시기의 글들 이후로 나는 더 이상 그의 글을 읽어 내지 못했다. 그가 사망한 이후에 사진에 관한 책[29]을 읽어 보려 했는데, 사막 같은 삶을 함께한 동반자이자 유일한 여주인공이던 어머니에 관한 아름다운 장(章) 외에는 읽을 수 없었다. 『사랑의 단상(Fragments d'un discours amoureux)』도 시도했지만, 끝끝내 읽지 못했다. 두말할 것 없이 무척 지적인 글이다. 사랑에 관한 메모장, 그렇다, 그거다, 사랑에 대해 말한다. 하지만 그럼으로써, 사랑하지 않음으로써, 사랑을 벗어난다. 아무것도, 내가 보기엔, 정말 아무것도 없다. 바르트는 매력적인, 진정으로 매력적인 사람이다. 그리고 어쨌든, 작가다. 그렇다. 나름의 글쓰기, 부동(不動)의 규칙적인 글쓰기의 작가다.

설사 종교적인 배타주의에 빠져 있다 하더라도 미지의 것을 향해 문을 열어서 미지의 것이 들어오고 불편하게 해야 한다. 법칙을 열어야 하고, 계속 열어 두어야 한다. 그래서 무언가가 들어와 일상적인 자유를 흔들어 놓을 수 있어야 한다. 불경한 것, 금지된 것에도 문을 열어 주어야 한다. 미지의 것들이 들어와 모습을 드러내야 한다. 롤랑 바르트에게는 그런 움

29 1980년에 출간된 롤랑 바르트의 『밝은 방(La chambre claire)』을 말한다.

직임이 없다. 나타나는 것을 가로지르는, 주체할 수 없는 청소년기의 충동이 없다. 아마도 그는 유년기에서 곧바로 성인이 되었을 것이다. 그렇다. 바르트는 청소년기의 위험을 거치지 않았다.

성적인 측면에서 남자들은 흔히 내 책에 쓰인 것들이 나의 선입견이라고 해석한다. 남자들은 자기들이 읽는 모든 것을, 우리가 하는 모든 것을 분류한다. 그리고 자기들과 다른 모든 성을 폄하한다.

『연인』에서 백인 소녀와 중국인 연인에 대해 거부감을 느끼는 남자들이 있었다. 그들은 책장을 넘겨 버리거나 눈을 감는다. 눈을 감고 책을 읽는 것이다. 『연인』에서 그들은 기이한 가족, 드라이브, 연락선, 사이공의 야경 그리고 식민지의 잡다한 추억만을 본다. 백인 소녀와 중국인 연인은 보지 않는다. 그들은 대부분 백인 소녀와 중국인 연인으로 인해 세월의 밑바닥, 인간의 밑바닥에서 올라오는 욕망을 느낀다. 근친상간의 욕망, 강간의 욕망이다. 내가 보기에는, 학교를 빠지고 거리를 걷는 소녀, 전차가 지나고 시장이 있고 사람들로 발 디딜 틈 없는 큰길을 걸어 연인을 향한 노예의 의무를 행하고자 그 남자한테 가는 소녀에게는 내가 잃어버린 자유가 있다.

몸 위에 놓인 손, 항아리에 든 시원한 물이 기억난다. 더위도 기억난다. 지금은 상상하기조차 힘든 더위다. 그가 씻기는 동안 나는 가만히 있는다. 그는 수건으로 닦지 않고 젖은 내 몸을 그대로 안아 간이침대에 눕힌다. 침대의 나무가 비단처럼 부드럽고 시원하다. 그가 선풍기를 튼다. 그는 나를 집어삼

킨다. 그의 힘과 부드러움이 나를 무너뜨린다.

살갗. 작은오빠의 살갗. 똑같다.

손. 똑같다.

내가 보기에, 여자를 대하는 남자의 태도는 일반적으로 거칠고 위압적이다. 하지만 그것이 남자가 거칠고 위압적이라는 증거는 아니다. 이성애 남녀 사이에서 남자가 그렇다는 사실을 증명할 뿐이다. 남자는 이성애에서 편안하지 않기 때문이다. 남자는 지루하기 때문에 그런 역할을 맡는다. 이성애에서 남자는 자기 시간, 말하자면 혼자만의 시간을 기다린다. 스스로는 그것을 알지 못한다. 여자와 공통의 언어 없이 혼자 기다리는, 거실에서든 해변에서든 거리에서든 스스로 알지 못하는 채로 기다리는 이성애 남자의 수는 전 세계에서 수백만에 이를 것이다. 그들은 이성애의 역할을 떠난 뒤에는 더 이상 조심스럽지 않다. 여자들끼리 나누는 친밀한 대화에 버금가는 대화를 남자들은 오직 남자들과, 다른 남자들하고만 나눌 수 있다. 말한다는 것은 자신의 성에 대해 말하는 것이다. 그리고 성에 대해 말하는 것은 이미 성 안에 있다는 의미다. 스포츠 얘기나 사무실 얘기와 다르다.

여자들은 그렇게 못한다. 여자들은 서로 물질적인 삶에 대해서만 말한다. 정신의 영역으로는 받아들여지지 않는다. 극소수의 여자만이 아는 일이다. 아직 모르는 여자들도 많다. 오래전부터 여자들은 스스로에 대해서조차, 여자는 남자보다 열등하다고 가르치는 남자들한테 배웠다. 그렇게 뒤로 박탈당하고 억압된 상태에서, 말은 더 자유롭고 더 일반적이다. 물질적 삶 속에 머물기 때문이다. 그것은 더 오래된 말이다. 오랜 세월 동안 여자들은 정해진 불행을 이고 살아왔다. 여자들에게 바쳐진 책이 처음으로 세상에 나오기 전까지 그랬다. 남자는, 아니다. 여자가 젊고 싱그럽다. 여자는 몰랐다.

그들과 우리의 공통점은 매력이다. 그 매력은 바로 비슷하다는 것이다. 남자든 여자든, 비슷함을 발견한다.

당신이 남자라면, 당신이 가장 가까이서 삶을 함께하고 싶은 존재, 당신의 마음과 당신의 몸과 당신의 종족과 당신의 성이 원하는 존재는 남자다. 당신은 그러한 기질적 상태에서 여자를 받아들인다. 당신의 여자와 함께 사는 것은 당신 안의 다른 남자, 2번 남자다. 바로 그가 당신의 여자와 평범한, 실용적인, 탐미적인, 활기찬, 애정 어린, 심지어 격정적인, 그리고 아이와 가족을 만들기도 하는 성관계를 갖는다. 하지만 당신 안에 있는 더 중요한 남자, 1번 남자는 오로지 자신의 형제들인 남자들하고만 결정적인 관계를 갖는다. 당신은 아내가 건네는 편안한 대화를 하나씩 분리하지 않고 한 덩어리로 듣는다. 당신에게 그것은 늘 똑같은 이야기다. 당신은 여자들한테 귀를 기울이지 않는다. 여자가 하는 말에 신경 쓰지 않는다. 당신을 비난할 수는 없다. 사실 여자들은 지루하고, 대부분은 자신들의 역할에서 벗어날 엄두조차 내지 못한다. 여자들이 주어진 역할에서 벗어나기를 당신이 바라지 않는다는 것 역시 사실이다. 프랑스의 부르주아 사회는 여자를 늘 부차적 존재로 취급한다. 하지만 이제는 여자들이 그것을 안다. 그리고 떠나간다. 남자를 떠난다. 그리고 이전보다 더 행복하다. 남자와 함께 있으려면 역할을 맡아서 연기를 해야만 했다. 동성애자 남자와 함께라면 덜하다.

남자가 이성애에서 동성애로 넘어가는 과정은 더없이 급격한 변화다. 그보다 더 큰 변화는 불가능하다. 남자는 더 이상 자기 자신을 알아보지 못한다. 다시 태어나는 셈이다. 대부분의 경우 변화를 제어하지 못하고, 이해하지도 못한다. 처음에는 아무것도 깨닫지 못한다. 동성애일 수 있다는 생각은, 당연히, 거부한다. 남자의 아내는 남자에게서 듣거나 다른 사람들에게, 친구들에게 듣고 알게 된다. 모든 것을 '알아보기' 시작한다. 과거에 남자가 한 일, 한 말, 그 모든 것을 깨닫는다. 그리고 말한다. "처음부터였는데, 그는 몰랐죠. 다른 사람들, 그와 같은 상태의 사람들이 알아챘어요."

어느 시대나 그것은 커다란 재앙이다. 처음에는 드러나지 않는다. 아주 조금 줄어들 뿐이다. 잘되지 않는다. 그렇게 초기에는, 엄청나게 쏟아부어야 비로소 가능하다. 그러고 나면, 어떻게 해야 하는지 알지 못한다. 완전히 없어지길 기다릴 수도 있다. 계속 잠자게 될 것이다. 마지막 남자가 죽더라도 눈치챌 사람은 없다. 새로운 이성애자들이 나타나서 다시 '연극'이 시작될 수도 있다.

그렇다, 성에 대해 말하는 일은 어렵다. 정말 어렵다. 남자는, 무슨 일을 하든, 배관공이고 작가고 택시 운전사고 무직이고 기자이기 이전에 남자다. 이성애자든 동성애자든 우선 남자다. 만나자마자 알리는지 나중에 말하는지, 그것만 다를 뿐이다. 남자를 많이 사랑해야 한다. 많이, 많이. 남자를 사랑하려면 많이 사랑해야 한다. 그렇지 않으면, 불가능하다. 남자를 감내할 수 없다.

집

집은 가족의 집이다. 아이들과 남자들을 두기 위한, 그들을 위해 만들어진 장소에 붙잡아 두기 위한 곳이다. 방황하지 못하게 하고, 세상이 시작된 이래 그들의 것이었던 모험과 탈주를 생각하지 못하게 하려는 곳이다. 이 주제를 다룰 때 가장 어려운 것은 집이 의미하는 시도, 아이들과 남자들 공통의 집결지를 찾겠다는 그 어처구니없는 시도에 대한 여자들의 생각, 우툴두툴한 데 없이 매끈한 그것을 아는 일이다.

유토피아는 여자들이 창조한 집에 있다. 자신의 가족이 행복 자체가 아니라 그 행복의 추구에 관심을 갖게 하려 하는 여자들의 시도, 여자들이 안 하고는 못 배기는 그 시도에 있다. 마치 그런 행복의 추구에 전부가 달려 있고, 그 명제가 일반적이기에 거부해서는 안 되는 듯 말이다. 여자들은 말한다. 행복에 대한 그런 특별한 관심을 경계하고 동시에 이해해야 한다고. 그렇게 하면 나중에 아이들이 행복한 삶을 추구하게 되리라 믿는 것이다. 여자는, 어머니는 아이가 삶에 흥미를 가지기를 바란다. 어머니는 아이 자신의 행복에 대한 믿음보다 타인의 행복에 대한 관심이 아이에게 덜 위험하다는 사실을 알고 있다.

노플에서 나는 주로 이른 오후에 음식을 만들었다. 식구들이 일하러 가거나 올랑드 연못[30]에 산책하러 가서 집에 없을 때, 아니면 방에서 자고 있을 때 요리를 했다. 그때는 1층 전부와 정원까지 내 것이 된다. 그런 삶의 순간들에 나는 내가 그들을 사랑하고, 그들의 행복을 원한다는 사실을 깨닫는다. 다 나가고 난 뒤 찾아오던 고요가 기억난다. 그 고요 속으로 들어가는 일은 바다에 들어가는 것과 같다. 그것은 행복이고, 그와 동시에, 변화무쌍한 생각에 스스로를 내맡긴 상태다. 그것은 생각하는 한 가지 방식이고, 아니 어쩌면 생각하지 않는 방식이다. 사실 두 가지는 그리 멀지 않다. 그리고 그것은, 이미, 글을 쓰는 방식이다.

나는 오후 동안에 천천히, 정성껏, 그 상태가 오래 이어지도록, 집에 없는 이들을 위해 음식을 만들었다. 그들이 배가 고플 때 언제든 먹을 수 있도록 수프를 만들었다. 수프가 준비되어 있지 않다면 아무것도 없는 것과 마찬가지다. 한 가지가 준비되어 있지 않다면 아무것도 없는 것이고 아무도 없는 것이다. 재료들은 대부분 오전에 장을 봐 놓기 때문에 채소를 다듬는 일만 남아 있었다. 수프가 끓는 동안 나는 글을 썼다. 다른 일은 안 했다.

30 루이 14세 때 베르사유 궁전 분수들의 물을 끌어오기 위해 근처 랑부예 숲에 만든 인공 연못.

오랫동안 나는 집을 사고 싶었다. 새집을 살 수 있으리라는 생각은 한 번도 해 본 적이 없다. 원래 노플의 집은 대혁명 직전에 세워진 두 채의 농가였다. 두 세기가 조금 넘은 것이다. 그 사실을 나는 자주 생각한다. 노플의 집은 1789년과 1870년에 이곳에 있었다. 랑부예 숲과 베르사유 숲이 교차하는 지점이다. 1958년에 나의 것이 되었다. 이따금 밤에 집 생각을 하면 고통스럽기도 했다. 그 집에 살던 여자들이 떠올랐다. 나 이전에 나와 같은 방에, 같은 석양 속에 있던 여자들. 그 벽 속에 나를 앞선 아홉 세대의 여인들이 살았고, 많은 사람이 있었다. 불가에 둘러앉은 아이들, 하인들, 소 치는 목동들이 있었다. 집 구석구석이 몸들, 아이들, 개들이 지나간 흔적에 매끄럽게 닳았고 모서리는 무뎌졌다.

여자들이 많이, 몇 해가 가도록 생각하는 것, 아이들이 어릴 때 여자들 생각의 바탕이 되는 것이 있다. 어떻게 해야 아이들이 나쁜 일을 겪지 않을까. 거의 대부분 그 어떤 결론도 얻지 못한다.

집을 제대로 관리하지 못하는 서툰 여자들이 있다. 집에 너무 많은 것을 넣어 두고, 잔뜩 어질러 놓고, 어느 한 곳도 바깥을 향해 열어 놓지 못한다. 늘 잘못 생각하고, 어쩔 줄 몰라하고, 결국 집을 살 수 없는 곳으로 만든다. 그래서 아이들은 열다섯 살이 되면, 우리가 그랬듯이, 집을 떠난다. 아이들이 집을 떠나는 까닭은, 집에 머물러 있으면 어머니가 미리 생각한 것 외에는 다른 모험이 없기 때문이다.

많은 여자들이 무질서의 문제를 해결하지 못한다. 흔히

집 안의 무질서라고 불리는 것이 집 전체를 점령해 버린다. 그 여자들은 집 정리가 너무도 어려운 일이고 자신들이 해결하지 못하리라는 사실을 알고 있다. 하지만 알든 모르든 차이는 없다. 그 여자들은 무질서를 이 방에서 저 방으로 옮겨 놓거나 지하실 혹은 잘 안 쓰는 방, 혹은 트렁크나 옷장 안에 넣어 둔다. 그렇게 식구들 앞에서도 창피해서 열 수 없는, 가둬 두는 장소를 집 안에 만든다. 무질서의 문제를 '나중으로' 미루면서 해결할 수 있다고 믿는 순진한 여자들도 있다. '나중'이라고 믿는 그 순간이 존재하지 않음을, 앞으로도 존재하지 않을 것임을 모르는 여자들이다. 설사 그런 순간이 온다 해도 너무 늦었음조차 알지 못한다. 무질서, 즉 물건을 쌓아 두는 문제를 해결하려면 물건을 없애는 고통스러운 방법밖에 없다. 아마도 모든 여자가 어려워하는 일이리라. 버리지 못하고 없애지 못하는 것. 넓은 집 안에 삼백 년 동안의 모든 것을 간직해 두기도 한다. 아이들이 쓰던 것, 옛날 백작 나리의 유품, 마을의 이장이던 조상의 유품, 옷들, 장난감들까지.

나는 버렸다. 그리고 후회했다. 살다 보면 늘 버리고 나서 후회한다. 하지만 버리지 않으면, 없애지 않으면, 시간을 전부 간직하려면, 인생을 오로지 물건을 정리하고 삶의 자취를 분류해서 보관하는 일로 보내는 수밖에 없다. 여자들이 전기나 가스 요금 고지서를 이십 년 동안 보관하기도 하는 이유는 그저 시간을 기록해 두고 싶어서, 자신들이 해낸 일을, 자신들이 살아 낸, 이제는 아무것도 남아 있지 않은 그 시간을 기록해 두고 싶어서다.

한 번 더 말하겠다. 여러 번 말해야 한다. 아침에 일어나서 밤에 잠자리에 들 때까지 여자가 해야 하는 일은 전쟁 중의 하루에 뒤지지 않을 만큼 힘들고, 남자가 일하느라 보내는 하루보다 힘들다. 다른 사람들, 가족들 그리고 바깥에서 접촉해야 하는 사람들까지, 늘 남들의 시간표에 맞춰서 자기 시간표를 짜야 하기 때문이다.

여자는 오전 다섯 시간 동안 아이들의 아침 식사를 준비하고, 아이들을 씻기고 입히고, 청소하고, 방마다 침대를 정돈하고, 자기도 씻고, 옷을 입고, 나가서 장을 보고, 음식을 준비하고, 점심을 차린다. 그러고 나서 이십 분 만에 아이들을 먹이고, 야단치고, 다시 학교로 데려다주고, 설거지하고, 빨래하고, 그리고 또, 그리고 또…… 아마도 오후 3시 반 무렵이면 삼십 분 정도 신문을 읽을 수 있을 것이다.

남자들에게는 그런 불연속적인 시간을 조용하고 드러나지 않는 연속성으로 만들어 내는 여자가 좋은 어머니다.

그러한 조용한 연속성은 여자들의 속성 중 하나로, 말하자면 노동이 아니라 아예 삶 그 자체로 받아들여졌다. 우리는 탄광 밑바닥에 있는 것이다.

그러한 조용한 연속성은 원래부터, 너무 오래전부터 존재했기에 주위 사람들에게는 아예 존재하지 않게 되었다. 남자들에게 여자의 노동은 비를 내리는 구름 혹은 구름이 만들어 내는 비와 같다. 매일 잠을 자듯이 그렇게 행해지는 일이다. 남자들은 만족했고, 집 안에도 아무 문제가 없었다. 중세의 남자, 대혁명 시대의 남자, 1986년의 남자.

한 가지 잊었다. 여자들이 꼭 기억해야 하는 것이다. 아들을 아버지처럼 자라게 하지 말아야 한다. 그렇게 자란 아들들은 여자를 똑같이 대한다. 여자가 죽으면 똑같이 운다. 그리고 똑같이, 그 무엇도 그 여자를 대신할 수 없다고 말한다.

이전에는 그랬다. 내가 어느 편에 서든, 세계사에서 어느 세기이든, 이전에는 죽음 위에서 외줄 타기를 하는 한계 상황에 놓인 여자들뿐이었다.

지금은 어느 쪽을 둘러보아도, 미디어든 관광업이든 금융계든, 어디에나 장래가 촉망되는 젊은 여자들이 있다. 그녀들은 상큼하고 활기 넘치고 다 알고 앞서간다. 그리고 죽음 위에서 외줄 타기를 한다.

보다시피 나는 어떤 목적을 위해 쓰는 게 아니다. 써야 해서 쓸 뿐이다. 나는 그냥 쓴다. 여자들을 위해서 쓰지 않는다. 나에 대해 쓰기 위해서, 오직 수 세기를 거쳐 온 나에 대해 쓰기 위해서, 여자들에 대해서 쓴다.

버지니아 울프의 『자기만의 방』과 미슐레의 『마녀』를 읽었다.

그 이후로는 더 이상 서가를 채우지 않았다. 아예 치워 버렸다. 서가를 갖추겠다는 생각 자체를 버렸다. 이제 끝났다. 그 두 권의 책을 통해 나 자신의 몸과 머리를 열고, 중세의 숲 속과 19세기의 공장에서 사는 나의 삶을 읽었던 듯하다. 아직까지 울프의 책을 읽은 남자를 본 적이 없다. M.D.가 소설 속에서 말하듯이, 여자와 남자는 완전히 다르다.

정신적인 집. 물질적인 집.

첫 가르침은 내 어머니였다. 나는 어머니가 집 안을 어떻게 정리하고 어떻게 청소하는지 보았다. 어머니는 1915년 인도차이나에서 어린 세 자녀에게 철저한, 병적인, 미신에 가까운 청결을 가르쳐 주었다.

어머니는 당신 자녀들이 살면서 그 어떤 순간에도, 무슨 일이 일어나도, 예를 들면 전쟁 같은 큰 사건이 닥치더라도 절대 준비 없이 당하지 않기를 바랐다. 누구라도 집이 있고 우리 어머니만 있다면, 버려지거나 혼란에 휩쓸리거나 불시에 당하는 일 따위는 없었으리라. 전쟁이 일어나도, 홍수로 고립되어도, 가뭄이 들어도, 우리에겐 언제나 집이 있고 어머니가 있었다. 마실 것과 먹을 것이 있었다. 어머니는 아마도 3차 세계대전을 대비하며 죽는 날까지 잼을 만들었다. 어머니는 설탕과 국수를 가득 쌓아 두었다. 비관주의를 바탕으로 이루어진 비관적 계산법이었을 그 습성을 나도 그대로 이어받았다.

방파제 사건[31]으로 어머니는 재산을 잃고 모두에게 버림받았다. 그리고 아무런 도움도 없이 우리를 키웠다. 어머니는 자신이 재산을 잃고 모두에게 버림받은 까닭은 아버지의 죽음 때문이라고, 지켜 줄 사람이 없었기 때문이라고 설명했다. 어머니가 확신하던 한 가지는 바로 자식들과 함께 버림받았다는 사실이었다.

31 토지국으로부터 인도차이나의 경작 불가능한 땅을 불하받은 뒤라스의 어머니는 땅을 지키기 위해 태평양을 막는 방파제를 세우려 하고, 방파제는 결국 태평양의 파도에 무너진다. 이 일화는 뒤라스의 소설 『태평양을 막는 방파제(Un barrage contre le Pacifique)』(1950)에 회고된다.

나는 집을 관리하는 일을 아주 좋아한다. 평생 동안 그랬다. 지금도 남은 게 있다. 나는 여전히 찬장에 먹을 게 뭐가 있는지, 어떤 일이 생겨도 버텨 내기 위해, 살기 위해, 살아남기 위해 필요한 게 다 있는지 늘 확인한다. 나는 여전히 삶이라는 여행 중에 내가 사랑하는 사람들과 나의 아이가 자급자족할 수 있도록 준비한다.

임지에 따라 옮겨 다녔던 어머니의 집들이 자주 생각난다. 의사가 사는, 제일 가까운 백인 동네의 첫 번째 초소에서 비포장도로를 타고 일곱 시간이나 가야 했다. 벽장에는 늘 먹을 것과 소독약, 살충제, 명반, 영양제, 식초, 키니네, 살균제, 거담제, 빈혈약, 기침약 같은 약품들이 있었다. 어머니는 나의 어머니 이상의 존재였다. 말하자면 어머니는 마을 병원이었다. 원주민 이웃들은 몸이 아플 때면 어머니를 보러 왔다. 그렇게 집이 흘러 나가고, 밖으로 퍼져 나간다. 그랬다. 우리는 아주 일찍부터 그것을 깨달았고, 어머니에게 깊이 감사했다. 어머니는 어머니이면서 동시에 집이었다. 집이 어머니를 둘러싸고 있고 어머니는 집 안에 있었다. 악천후와 재해를 대비해서 늘 집 안에 물자를 비축해 놓던 어머니는 두 번의 전쟁을 겪었다. 전부 구 년 동안이었다. 어머니는 세 번째 전쟁을 기다렸다. 사람들이 다가오는 계절을 기다리듯, 아마도 어머니는 삶의 마지막 순간까지 세 번째 전쟁을 기다렸을 것이다. 어머니가 신문을 읽는 이유도 행간을 읽어 내서 전쟁이 다가오는지 알아내기 위해서였다. 어머니가 전쟁이 물러나고 있다고 말한 적은 단 한 번도 없었다.

우리가 어렸을 때 어머니는 가끔 전쟁을 보여 주기 위해 우리와 전쟁놀이를 했다. 어머니는 소총 길이의 막대기를 어깨에 걸치고 「상브르에뫼즈」[32]를 부르며 행진하듯 걷다가 결국 울음을 터뜨렸다. 우리가 달래 주어야 했다. 그렇다. 어머니는 남자들의 전쟁을 좋아했다.

언제나 혹은 거의 언제나, 모든 유년기에, 그 유년기에 이어진 모든 삶에, 어머니란 광기의 표상이다. 어머니는 우리가, 그러니까 그 어머니의 아이들이 만난 사람들 중 가장 이상하고 가장 미쳤다. 흔히 어머니에 대해 이렇게 말한다. "그때 우리 어머니는 미쳤어요. 정말이에요. 정말 미쳤다고요." 우리는 어머니를 기억하며 많이 웃는다. 그러면 기분이 좋다.

노플르샤토의 시골집에서 나는 늘 준비되어 있어야 하는 물건들의 목록을 만들었다. 거의 스물다섯 가지였다. 그 목록을 아직 가지고 있다. 여전히 있다. 내가 쓴 것이다. 지금도 그 목록이면 충분하다.

이곳 트루빌에서는 다르다. 이곳은 아파트다. 여기서는 아니다. 하지만 노플에는 필요한 물건들이 항상 준비되어 있다. 목록은 이렇다.

32 상브르에뫼즈 연대의 전투 내용을 가사로 하는 프랑스의 군가.

가는 소금	양파	느억맘[33]	락스
후추	마늘	빵	손빨래용 세제
설탕	우유	치즈	부엌 행주
커피	버터	요구르트	다용도 세제
포도주	차	유리 세정제	철 수세미
감자	밀가루	화장지	커피 여과지
파스타	달걀	전구	전기 퓨즈
쌀	토마토 통조림	마르세유 비누	절연 테이프
식용유	굵은 소금	수세미	
식초	네스카페		

목록은 여전히 벽에 붙어 있다. 하나도 더 보태지 않은, 원래 그대로다. 목록을 처음 작성한 뒤 지난 이십 년 동안 새로 생산된 5~6백 가지 제품들 중에 단 한 가지도 추가되지 않았다.

집에는 외적 질서와 내적 질서가 있다. 외적 질서는 눈에 보이는 집 관리다. 내적 질서는 생각들, 여러 단계의 정서들, 아이들과 관련하여 끝없이 이어지는 느낌들의 질서다. 어머니가 생각한 집은 결국 우리를 위한 것이었다. 남자나 연인을 위한 집이 아니었다. 남자들은 절대 모르는 일이다. 남자들은 집을 지을 수 있지만, 집을 창조하지는 못한다. 원칙적으로 남자들은 아이들을 위해 아무것도 하지 않는다. 남자들이 하는 일은 실질적인 일상과 아무런 관련이 없다. 극장에 데려가고 산책을 나가는 것, 그 정도가 전부다. 남자들이 퇴근하고 돌아올 때 아이들은 깨끗이 씻고 옷을 갈아입고 침대로 갈 준비를 마친 상태로 그 품에 안긴다. 남자들은 행복을 느낀다. 남자들

33 멸치 등의 생선을 발효시켜 만든 소스로, 베트남 요리에서 가장 많이 쓰이는 조미료다.

과 여자들은 태산만큼 다르다.

말 나온 김에 덧붙이자면, 여자들의 상황은 달라지지 않았다. 물론 이전에 비해 도움을 많이 받고, 아는 것도 많아졌다. 더 지혜롭고 더 대담해졌다. 하지만 여전히 여자들이 집안의 모든 것을 맡아서 한다. 전보다 자신감이 훨씬 커졌다 해도 다르지 않다. 전보다 글 쓰는 여자가 많아졌다 해도 마찬가지다. 남자들과의 관계에서 여자들은 달라지지 않았다. 여자들에게 가장 중요한 열망은 여전히 가족을 지키고 가족을 챙기는 일이다. 사회적 위상이 많이 달라졌다고 하지만, 여자는 그것에 더해서, 그러한 변화에 더해서, 원래 하던 모든 것을 한다. 남자의 상황도 달라졌을까? 거의 아니다. 아마도 이전에 비해 소리를 덜 지를 것이다. 이전보다 말도 덜할 것이다. 그렇다. 그뿐이다. 때로 아무 말도 안 한다. 결국, 저절로, 조용해진다. 자기 자신의 목소리를 피해 쉬는 것이다.

여자가 가정의 중심이다. 과거에도 그랬다. 아직도 그렇다. 가정으로 다가오는 남자를 여자가 받아들일 수 있을까? 나에게 묻는다면, 그렇다고 대답할 것이다. 그때는 남자 역시 아이이기 때문이다.

남자의 욕구를 채워 주는 일은 아이들의 욕구를 채워 줄 때와 같다. 여자에게는 그 역시 기쁨이다. 남자는 자기가 영웅인 줄 안다. 아이들과 똑같다. 남자는 전쟁을 좋아하고, 사냥과 낚시를, 오토바이와 자동차를 좋아한다. 아이들과 똑같다. 남자가 잠든 모습을 보면 알 수 있다. 여자들은 그럴 때의 남자를 좋아한다. 부인해서는 안 된다. 여자들은 순수한, 잔인한 남자들을 좋아한다. 사냥꾼과 전사를 좋아한다. 아이를 좋아한다.

아주 오랫동안 그렇게 이어져 왔다. 나는 아이가 어릴 때부터 부엌에서 음식을 내와 식탁을 차렸다. 한 가지 음식을 다 먹고 난 아이가 다음 음식을 기다리면 나는 아무 생각 없이, 행복하게, 그 일을 했다. 많은 여자들이 그렇게 한다. 그렇게, 나처럼 한다. 아이가 열두 살이 안 됐을 때까지 그렇게 한다. 그 뒤에 계속하기도 한다. 예컨대 이탈리아 여자들이 그렇다. 시칠리아에서는 여든 살 난 여자들이 예순 살의 자식을 위해 음식을 준비한다. 나는 시칠리아에서 그런 여자들을 보았다.

누군가 당신한테 요트나 배를 준다고 생각해 보라. 집이란 거의 그것에 가깝다. 물리적 공간으로서의 집, 그리고 그 안의 물건들, 그 안의 사람들까지 포함해서 집을 관리한다는 것은 실로 대단한 일이다. 완전히 여자라고 말할 수 없는 여자들, 경박한 여자들, 집을 관리하면서 자꾸 큰 실수를 저지르는 여자들, 고장 난 물건을 곧바로 고치지 않는 여자들도 있다. 나의 경우는, 집에서 무언가 고칠 일이 생기면 알아서 해결한다. 좀 더 자세히 말하고 싶다. 아마도 독자들은 내가 왜 그러는지 이해하지 못할 터다. 그럼에도 불구하고 말해야겠다. 콘센트 세 개가 깨지고, 청소기 연결 부위가 빠지고, 수돗물이 샐 때까지 기다렸다가 수리공을 부르거나 새 콘센트를 사러 가서는 안 된다. 보통은 버려진 여자들이 그렇게 '버려 둔다.' 그런 부분은 남편이 해야 하는 일이라고 생각하고, 자기는 남편 때문에 불행하다고 결론 내린다. 그 여자들은 어차피 자신들이 관리하는 집 안에서 남자들의 눈은 아무것도 보지 못한다는 사실을 알지 못한다. 남자들에게는 늘 그래 왔던 일이다. 어린 시절에도 한 여자가, 그러니까 어머니가 늘 해 온 일이다. 전기 콘센트가 깨진 것을 본 남자가 무슨 말을 할 것 같은가? "이런! 콘센트가 깨졌군." 그리고 그대로 지나간다. 청소기가 부서진 것도 남자의 눈에는 보이지 않는다. 그런 것은 전혀 보이지 않는다. 아이들과 마찬가지로, 남자들의 눈에는 정말로 아무것도 보이지 않는다. 그래서 남자들은 여자의 행동을 이해하지 못한다. 여자가 어떤 것을 하지 않아도 혹은 잊어버려도 혹은 일부러 안 해도, 예를 들어 일부러 콘센트를 새로 사지 않고 버텨도 남자들은 알지 못한다. 아니면 콘센트를 사러 가지 않고 청소기 수리를 맡기지 않는 이유가 따로 있으리라 생각하고 이유를 묻는 일을 비신사적인 행동이라고 생각한다. 여자들의 절망을 갑자기 마주하게 될까 봐, 그래서 그 절망이 자기들을 쓰러뜨릴까 봐 두려운 것일 수도 있다. 요즈음은 남자들도 '하기 시작한다'고 말하지만, 정말로 어떤 상태인지는 알 수 없다. 물리적으로 곤경에 처하면 남자들도 '하기 시작한다.' 정말 그렇다. 하지만 그걸 어떻게 생각해야 할지는 잘 모르겠다. 내가 친하게 지내는 한 남자는 요리와 살림을 한다. 그 아내는 아무것도 하지 않는다. 그녀는 살림을 싫어한다. 요리도 할 줄 모른다. 그래서 남자가 아이들을 키우고, 요리를 하고, 청소를 하고, 장을 보고, 침대를 정리하고, 힘든 일을 다 한다. 아내, 아이들과 함께 생활을 꾸려 가기 위해 돈 버는 일까지 한다. 그 아내는 시끄러운 것을 싫어하고 애인도 갖고 싶어 한다. 그래서 남자가 두 아이와 함께 사는 집 옆에 작은 집을 하나 마련했다. 여자가 떠나가지 않게 하려고 받아들인 것이다. 여자는 아이들의 어머니다. 그는 모든 것을 받아들인다. 더 이상 괴로워하지도 않는다. 이런 일을 어떻게 봐야 할까? 그렇게까지 무거운 의무를 짊어진 남자를 보면 솔직히 나는 조금 혐오감이 든다.

힘든 일은 대부분 남자들이 한다고, 그래서 남자들이 마트에 가면 연장 파는 곳을 기웃거린다고들 한다. 그런 말을 들으면 나는 대답하지 않는다. 그 힘든 일이라는 게 남자들에게는 운동이기 때문이다. 예를 들어 나무를 자르는 일은 퇴근 후에 하는 일종의 운동이지 일은 아니다. 평균 키에 적당한 힘을 가진 남자라면, 뭘 해야 하는지 말해 주기만 하면 그대로 할 수 있다. 접시를 닦고 장을 보는 것도 마찬가지다. 남자는 감자를 사면서도 자기가 영웅이라고 믿는 끔찍한 경향이 있다. 상관없다.

내가 과장한다고 말하는 사람들도 있다. "과장이 심하네요." 정말 그럴까? 내가 이상화하는 것 같은가? 정말 내가 여자들을 이상화하는가? 그럴 수도 있다. 그런데 그런 말을 누가 하는가? 누군가 자기를 이상화한다 한들 여자에게는 해가 될 게 없다.

내 말을 마음대로 생각해도 좋다. 지금 나는 여자의 노동에 관해 말하고 있으니까, 어차피 당신이 알아들을 수 없는 말이다. 여자에 대해, 여자의 집에 대해, 그리고 여자의 주변에 대해, 여자가 하는 재산 관리에 대해 말한다는 사실이 제일 중요하다.

남자와 여자는 다르다. 모성은 부성과 다르다. 모성은 어머니의 몸을 아이에게, 아이들에게 내어 준다. 아이들은 언덕

위에 올라 있고 정원에 들어가 있듯이 어머니의 몸 위에 있다. 아이들은 어머니를 먹고, 어머니를 치고, 어머니 위에서 잔다. 어머니는 아이들이 자기를 삼키도록 내버려 두고, 아이들이 자기 몸 위에 올라가 있어도 그대로 잔다. 부성에서는 절대 일어나지 않을 일이다.

하지만 여자는 어머니로 살고 아내로 사는 내내 자신만의 절망을 분비한다. 매일의 절망 속에서 자신의 왕국을 잃게 되고, 평생 동안 그럴 것이다. 젊은 시절의 갈망, 힘, 사랑이 빠져나갈 터다. 순전히 합법적으로 생겨난 상처, 스스로 받아들인 바로 그 상처를 통해 흘러 나간다. 아마도, 원래 그렇다. 여자는 순교자다. 자신이 가진 모든 재주를, 운동 실력을, 요리 실력을, 미덕을 발휘하는 일이 완전히 끝나면, 여자는 창밖으로 던져져야 할 존재가 된다.

물건을 없애는 여자들이 있다. 나도 많이 없앴다.

지난 십오 년 동안 책이 출간되면 곧바로 원고를 없앴다. 왜 그랬는지 생각해 보면, 아마도 내가 저지른 죄를 지우기 위해, 내 눈에 그것이 덜 소중한 것으로 보이게 하기 위해, 그렇게 나의 자리로 잘 '넘어가기' 위해, 여자이면서 글을 쓰는 무례함을, 사십 년 전만 해도 그랬으니까, 그것을 경감하기 위해서였던 것 같다. 재봉을 하고 남은 옷감과 먹고 남은 음식만큼은 버리지 않았다. 하지만 원고는 버렸다. 십 년 동안, 원고를 태웠다. 어느 날 이런 말을 들었다. "나중에 자식이 볼지 모르는데, 그냥 두지 그래요?"

노플의 벽난로 안. 불에 던져서, 가장 완전하게 없앴다. 나는 내 자신이 작가라는 사실을 그렇게 일찍 알았던 걸까? 아마도 그랬으리라. 이튿날이 생각난다. 원고가 있던 자리는 깨끗하고 순결하다. 집이 더 환해지고, 모든 흔적이 지워진 테이블은 매끄럽고, 자유롭고, 거기서 무엇이든 할 수 있다.

이전에는 여자들이 버리지 않고 쌓아 두는 일이 많았다. 아이들이 가지고 놀던 장난감도, 학교에서 처음 쓴 작문도 버리지 않았다. 어릴 때의 사진도 간직했다. 그리고 어두운, 흐릿한 사진들을 보며 기쁨에 젖는다. 여자들은 소녀 때 입던 옷도 웨딩드레스와 오렌지꽃 꽃다발도 간직한다. 하지만 무엇보다 사진을 간직한다. 아이들은 알지 못하는 세계의 사진들, 오로지 자기에게만 가치를 가지는 사진들.

집 안에 물건이 쌓이는 가장 큰 이유는 세일이다. 마치 오래전부터 전해 오는 일종의 의식처럼 정기적으로 넘쳐흐르는 파리의 최대 세일, 파격 세일 때문이다. 정기 세일이 있고, 가을이면 여름 재고를 싸게 팔고, 겨울이 오면 가을 재고를 싸게 판다. 여자들은 마치 마약에 취한 사람처럼 마구 사들인다. 필요하기 때문이 아니라 싸기 때문에 산다. 그리고 미친 듯이 사들인 그 물건을 집에 도착하자마자 거들떠보지도 않는다. 이렇게 말한다. "저걸 왜 샀는지 모르겠어." 모르는 남자와 호텔에서 하룻밤을 보내고 났을 때와 비슷하다.

지난 세기에 여자들은 대부분 짧은 속옷 상의 두세 벌, 긴 속옷 상의 한 벌, 속치마 두 벌이면 충분했다. 겨울에는 전부 입었고, 여름에는 정사각형의 면 보자기로 싸서 보관했다. 일하러 갈 때도, 결혼할 때도, 그대로 입었다. 지금 여자들은 이백 년 전 여자들보다 이백오십 배는 많은 옷을 가지고 있다.

하지만 집 안에서의 삶은 달라지지 않았다. 여자들이 보기에도 이미 정해진, 이미 그려진 그대로의 삶이 있을 뿐이다. 어떤 점에서 여자들은 필연적으로, 심지어 자각하지도 못한 채로, 말 그대로 하나의 역할을 연기한다. 오랜 세월 동안 자신들의 삶이었던 그 깊은 고독이라는 무대에서, 그런 식으로, 길을 떠난다. 전쟁하러, 십자군 때문이 아니다. 집으로, 숲으로 떠난다. 그리고 믿음이 가득한, 흔히 불구이고 병든 머릿속으로 떠난다. 그럴 때 여자는, 당신이 그렇고 내가 그렇듯이, 마녀로 격상되고, 화형당한다. 어떤 여름에, 어떤 겨울에, 어떤 세기의 어떤 시각에, 여자들은 시간의 흐름, 빛, 소리, 덤불숲을 헤치는 짐승 그리고 새의 울음소리와 함께 길을 갔다. 여자들이 가도 남자들은 모른다. 남자들은 알 수 없다. 그들은 해야 하는 일에, 직업에 여념이 없다. 그들에게는 절대 저버릴 수 없는 책임이 있다. 그래서 여자들에 대해, 여자들의 자유에 대해 아무것도 모른다. 역사에서 보면 아주 일찍부터 남자들은 자유를 잃어버렸다. 오랫동안 여자들과 가까웠던 자들은 농장의 하인들이었다. 지능이 모자라고, 헤프게 잘 웃고, 얻어맞고, 무능한 남자들. 그들은 여자들 틈에 머물면서 여자를 웃게 했다. 여자들은 그 남자들을 숨겨 주고 살려 주었다. 오랜 세월이 지나는 동안, 어느 날 어떤 때에, 고독한 새들이 어둠 속에서 외치다가 빛 속으로 사라졌다. 어느새, 계절에 따라, 하늘의 상태에 따라, 혹은 가슴에 품은 통증이 끔찍한지 가벼운지에 따라, 밤이 일찍 혹은 늦게 찾아왔다.

숲속의 오두막은 늑대들과 남자들에 대비하느라 튼튼해야 했다. 예를 들어, 1350년. 여자는 스무 살, 서른 살, 마흔 살이다. 더 많지는 않다. 그때만 해도 그 나이를 넘기는 일이 드물었다. 마을에는 흑사병이 돈다. 그녀는 늘 배가 고프다. 그리고 무섭다. 하지만 그 굶주린 얼굴에 흘러내리는 것, 제일 압도적인 것은 배고픔이나 두려움이 아니라 외로움이다. 너무도 마르고 허약한 우리를 미슐레는 차마 떠올리지 못한다. 우리는 열 명의 아이를 낳고, 그중에 하나가 살아남는다. 우리의 남편은 멀리 있다.

우리는 언제쯤 우리의 절망이라는 그 숲에 넌더리가 날까? 그 시암 왕국은? 장작에 제일 처음 불을 붙이는 남자는?

이 이야기를 너무 자주 하는 것을 용서해 주길.

우리가 있다. 우리의 이야기가 이루어지는 그곳에 있다. 다른 곳이 아니다. 우리의 연인은 잠 속에서 만나는 연인들뿐이다. 우리에게는 인간적인 욕망이 없다. 우리가 아는 것은 짐승들의 얼굴뿐이고, 숲의 형태와 숲의 아름다움뿐이다. 우리는 우리 자신이 두렵다. 몸이 시리다. 우리는 추위, 두려움, 욕망이다. 사람들이 우리를 불태운다. 쿠웨이트와 아라비아의 시골에서는 여전히 우리를 죽인다.

너무 잘 만들어진, 너무 잘 고안된, 뜻밖의 사태를 용납하지 않는, 전문가들이 미리 다 생각해 놓은 집들도 있다. 뜻밖의 사태란, 집을 사용하다가 예기치 못하게 닥치는 일들을 말한다. 집 안의 식당이 넓은 까닭은 손님을 맞는 방이기 때문이다. 부엌은 작고, 점점 더 작아진다. 하지만 여전히 부엌에서도 먹는다. 부엌에서 먹자면 끼어 앉아야 하기 때문에, 한 사람이 나가려면 모두 일어나야 한다. 그래도 우리는 부엌을 버리지 않았다.

부엌에서 먹지 말라고 말하고 싶을 것이다. 하지만 저녁이 되면 모두 부엌에 있고, 모두 부엌으로 간다. 부엌은 따뜻하고, 음식을 만드는 어머니와 얘기하며 머물게 된다. 부엌에 딸린 저장실도, 다림질을 위한 방도 이제는 없다. 하지만 꼭 필요한 방들이다. 넓은 부엌과 안뜰도 그렇다.

요즘에는 원하는 대로 집의 도면을 그려 보일 수 없다. 그러면 좋아하지 않는다. 이런 말을 들을 것이다. "옛날에나 그렇게 했지요. 지금은 전문가들이 알아서 해요. 당신보다 더 잘할 겁니다."

나는 점점 많아지는 이런 식의 배려가 싫다. 현대식 집에는 부엌과 침실이라는 주절을 보완해 주는, 보조 문장 역할을 하는 방들이 없다. 물품을 정리하는 방들 말이다. 그런 방 없이 어떻게 지내는지 궁금하다. 다림질거리는 어디에 놓는지, 사 놓은 식품들, 바느질거리, 호두, 사과, 치즈, 기계, 연장, 장난감들을 어디에 놓는지 모르겠다.

그리고 현대식 집에는 복도가 없다. 아이들이 뛰어다니며 놀 수 있는 곳, 강아지들을 위한 곳, 우산을 놓고 외투를 걸어 두고 책가방을 두는 곳 말이다. 복도는 아이들이 지쳤을 때 구르다가 잠들고, 그러면 아이를 안아다가 침대에 눕히는 곳이다. 네 살짜리 아이가 어른들이 지겨울 때, 어른들이 떠드는 철학이 지겨울 때, 전부 지겨울 때 가는 곳이다. 불안해질 때, 뭔가 요구하지도 소리 지르지도 않으면서 울 때 가는 곳이다.

집에는 아이들을 위한 자리가 부족하다. 언제나, 심지어 성처럼 넓은 저택도 마찬가지다. 아이들은 집을 쳐다보지 않지만, 집안 구석구석을 어머니보다 더 잘 안다. 아이들은 어디든 뒤진다. 들추면서 찾아다닌다. 아직 눈도 뜨지 못할 때 자기를 둘러싼 자궁의 벽을 보지 않듯 아이들은 집을 보지 않는다. 하지만 집을 잘 안다. 아이들은 집을 떠날 때 비로소 집을 본다.

물에 대해서, 집의 청결에 대해서도 말하고 싶다. 더러운 집은 끔찍하다. 그런 집에는 더러운 여자, 더러운 남자, 더러운 아이들이 있을 뿐이다. 더러운 가족의 일원이 아니고서는 그런 집에서 살 수 없다. 나에게 더러운 집은 집이 아니다. 그런 집은 여자가 위험한 상태, 눈먼 상태라는 뜻이다. 자기가 하는 것과 하지 않는 것을 사람들이 볼 수 있다는 사실을 잊은 여자다. 자기가 더럽다는 사실조차 모른 채로 더럽다. 접시들을 쌓아 두고, 기름이 끼어 있고, 냄비들은 전부 더럽다. 내가 아는 여자 중에는 더러운 그릇을 그대로 쌓아 두다가 구더기가 기어 다니기 시작하고 나서야 겨우 씻는 여자도 있다.

끔찍한, 절망적인 부엌들이 있다. 최악의 진실을 말하자면, 그렇게 더러운 곳에서 자라난 아이들은 평생 동안 더럽다. 그래서 더러운 아기는 세상에서 가장 더럽다.

식민지에서 불결한 위생은 치명적이다. 불결하면 쥐가 모이고, 쥐들은 흑사병을 몰고 온다. 피아스터[34], 특히 지폐가 나병을 옮기는 것과 같다.

34 19세기 말부터 1952년까지 프랑스령 인도차이나에서 사용되던 화폐.

그래서 나에게 청결은 일종의 미신이다. 누군가에 대한 얘기를 들으면 난 곧 그 사람이 깨끗한지부터 묻는다. 지금도 그렇다. 똑똑한 혹은 성실한 혹은 정직한 사람인지 묻는 것과 똑같이, 깨끗한 사람인지 묻는다.

『연인』에서 청결에 대한 대목을 그대로 남길지 여부를 두고 망설였다. 이유는 모르겠다. 식민지에서의 유년 시절 내내 우리는 늘 물속에 있었다, 강에서 수영을 했고, 아침저녁으로 항아리의 물로 샤워를 했다. 거리로 나갈 때가 아니면 늘 맨발이었다. 집에서 양동이로 물을 부어 가며 대청소를 하는 날은 하인 아이들과 백인 아이들이 우정을 주고받는 축제였다. 그런 날에는 어머니도 환하게 웃었다. 나는 유년기를 생각하면 언제나 물이 떠오른다. 나의 고향은 물의 고장이다. 호수의 물. 산에서 흘러 내려오는 급류의 물. 논의 물. 들판에 흐르는 흙 섞인 강의 물. 폭우가 쏟아지면 그 강물 속에 들어가 몸을 피했다. 세차게 쏟아지는 비를 그대로 맞으면 아프다. 그런 비가 십 분만 쏟아져도 정원은 물에 잠긴다. 비 그친 뒤 피어오르는 뜨거운 흙냄새를 그 누가 알까? 그리고 꽃 냄새. 정원의 재스민 냄새. 나는 절대 고향으로 돌아가지 않을 것이다. 나에게 고향은 자연과 기후이고, 아마도 그것은 아이들을 위해 만들어졌기 때문이리라. 일단 자라고 나면, 그것은 외적인 요소가 된다. 추억은 함께 가지 않는다. 만들어진 그곳에 두고 온다. 나는 고향이 없다.

프랑스에 와서, 노플에서, 최근에 계단을 한 단 더 붙이기 위해 부엌 바닥을 깨기로 했다. 늪 가까이 있는 오래된 집이라

조금씩 내려앉고 있다. 땅이 굳지 않고 습기가 많아서 서서히 내려앉는다. 그래서 계단의 제일 아래 단이 너무 높아졌고, 오르기 힘들어졌다. 석공이 와서 암반을 찾기 위해 바닥을 팠다. 그런데 파 내려갈수록 암반도 계속 가라앉았다. 더 파 보아도, 계속 내려갔다. 무엇을 향해 내려가는 걸까? 그게 무엇일까? 집이 지어진 곳 바닥에는 무엇이 있을까? 땅파기를 멈추고, 알아내기를 멈췄다. 다시 닫아 버렸다. 그리고 시멘트를 발랐다. 계단만 한 단 더 붙였다.

카부르

카부르[35]의 큰 댐 끄트머리, 요트 항만 쪽이었다. 『80년 여름』에서처럼 해변에서 한 아이가 중국 연을 날리고 있었다. 아이는 그 자리에서 움직이지 않았다. 주위에는 다른 아이들이 공놀이를 하고 있었다. 사람들은 꽤 멀리, 테라스에 있었다. 바람이 불었고, 저녁이 다가왔다. 아이는 움직이지 않았다. 그 부동의 장면을 보고 있기 힘들어질 때까지, 이어 고통스러워질 때까지, 아이는 꼼짝도 하지 않았다. 주의 깊게 보고 또 보고 자세히 들여다보고 나서야 알 수 있었다. 두 다리, 막대기처럼 가는 두 다리가 마비된 아이였다. 누군가 데리러 올 터였다. 아이들은 이미 하나둘 자리를 떴다. 아이는 계속 연을 날렸다. "나 죽을 것 같아." 누군가 말했고, 그러고는 계속 책을 읽었다. 밤이 되기 전에 누군가 와서 아이를 데려갔을 것이다. 하늘에 떠 있는 연이 아이가 있던 자리를 표시해 준다. 절대 틀릴 수 없이 분명하다.

35 프랑스 노르망디 칼바도스 지방의 해안 도시.

동물

나는 동물을 키우고 싶다. 많이, 여러 가지 동물을 키우고 싶다. 파리에서 암소를 키울 수는 없다. 미치는 것만큼이나 불가능한 일이다. 파리에서 건물 입구에 암소를 매어 둔다면, 이튿날 아침에 그곳은 암소에게도 그 주인에게도 정신 병원이 될 것이다. 지난주 텔레비전에서 북극 얼음 밑의 굴에서 커다란 암컷 곰이 나오는 장면을 보았다. 곰은 고개를 내밀어 주위를 살폈고, 굴 위로 몸을 일으켰다. 하지만 힘이 없어서 곧 쓰러졌다. 1986년 겨울에 새끼가 세 마리를 거느린 어미 곰은 세 달 동안 아무것도 먹지 않은 탓에 움직이지 못했다. 새끼 세 마리는 튼튼했고, 어미의 젖으로 잘 자랐다. 어미 곰은 기진맥진했다. 첫날은 일 분 동안, 둘째 날은 십 분 동안 굴 밖에 나와 있었다. 일주일이 지나자 몸을 굴려 바다까지 내려왔다. 어미 곰은 바닷물 속에서 헤엄쳤고, 아직 굴을 벗어날 수 없는 새끼들을 지켜보았다. 어린 바다표범을 잡아서 반은 자기가 먹고 나머지는 새끼들에게 가져다 주었다. 드골 장군처럼 위대하다. 드골 장군을 생각하게 한다. 훌륭하다. 그 굴에서 백 미터쯤 떨어진 곳에 수컷 한 마리가 어미 곰을 쳐다보고 있다. 어미 곰이 걸음을 멈추고 쳐다본다. 수컷이 겁을 먹고 도망간다.

트루빌

트루빌. 지금은 트루빌이 내 집이다. 노플과 파리를 대신했다. 트루빌에서 나는 얀[36]을 알았다. 홀쭉하고 마른 그가 건물 안뜰로 들어섰다. 그의 걸음은 빨랐다. 힘들어하던 시기였다. 얼굴이 창백했다. 처음에는 두려워했다. 그러다 두려움이 사라졌다. 나는 그에게 바다를 보여 주었다. 발코니에서 바다를 볼 수 있다는 것은 대단한 사치다. 폭격을 받은 도시는 폐허와 시체로 남지만, 바다에는 원자 폭탄이 떨어져도 십 분 후면 원래 상태로 돌아간다. 물은 모양을 만들 수 없다. 조금 전 내가 1980년에 얀이 나의 집으로 왔다고 쓸 때, 얀은 전화를 하고 있었다. 얀은 하루에 열 시간씩 전화를 한다. 요즘은 전화기를 떠나지 않는다. 8월 한 달 동안 전화 요금이 4950프랑이나 나왔다. 얀은 모르는 사람들과도 전화를 한다. 살면서 한 번밖에 본 적 없는 사람하고도 한다. 못 본 지 십 년이 넘은 사

36 뒤라스가 1980년부터 마지막 순간까지 함께한 얀 앙드레아(Yann Andréa, 1952~2014)를 말한다.

람한테도, 오스트리아에도, 독일에도, 이탈리아에도 한다. 그는 전화를 할 때마다 큰 소리로 웃는다. 그러면 일하기가 힘들다. 그런 뒤에 얀은 언덕으로 산책을 나간다. 어떨 때는 같은 사람한테 사흘 연달아 전화를 한다. 그러다가는 끝이다. 더 이상 하지 않는다. 대체로 그 사람이 한 말 때문이다. 예컨대 뒤메질부터 드골까지 이 세기의 위대한 사람들 모두에게 해당하는 겸허한 말 하나 때문이다. "내 아내가 없었으면 여기까지 못 왔을 겁니다."

별

죽음, 우리에게 다가오는 죽음은 또한 기억이다. 현재와 같다. 일어난 일의 기억처럼, 앞으로 일어날 일의 기억처럼, 온전히 현재다. 지나간, 차곡차곡 쌓인 지난봄들의 기억이고, 하나씩 돋아나는 나뭇잎, 다가오는 봄의 기억이다. 그것은 또한 일억칠천사백만 년 전 별의 폭발, 1987년 2월 어느 밤에 지구에서 볼 수 있었던 별의 폭발이다. 어느 낮 어느 시각에 잎이 돋아났는지처럼, 정확한 시각이다. 죽음은 바로 그 현재다. 당신은 알지 못했을 수도 있다.

M.D.의 제복

마들렌 르노[37]는 이브 생로랑의 옷을 입는다. 이브 생로랑이 마들렌 르노를 위해 옷을 만들고, 옷이 오고, 마들렌 르노는 그냥 그 옷을 입고 다닌다. 마들렌 르노가 자신의 옷이 새로운 옷이라는 사실을 아는지 궁금해하는 사람들도 있다. 요즈음 마들렌을 이전만큼 많이 알지 못하지만 우리는 서로 좋아한다. 많이 좋아한다. 그녀도 알 것이다. 자주 드는 생각인데, 마들렌과 나, 오직 우리 둘만이 옷에 멋을 내지 않는다. 하지만 사실은 더 복잡한 문제다. 나는 십오 년 전부터 늘 같은 방식으로 입는다. M.D.의 제복. 그 옷이 이른바 '뒤라스 룩'을 낳았고, 작년에 어느 패션 디자이너가 그 이름으로 옷을 발표했다. 검은색 조끼, 타이트스커트, 목 끝이 감기는 터틀넥 스웨터, 그리고 겨울에는 쇼트 부츠. 조금 전에 멋을 내지 않는다는 말은 틀렸다. 늘 같은 형태를 추구함은 형태와 실질 사

37 Madeleine Renaud(1900~1994): 프랑스의 배우로, 1946년에 반려자였던 장 루이 바로와 함께 마리니 극장에서 르노바로 극단을 만들었다.

이의 부합을 추구하는 일이고, 남에게 보이리라 생각되는 모습과 진짜로 보이고 싶은 모습 사이, 그리고 스스로 생각하는 자기 자신과 입은 옷을 통해 암시적으로 보여 주고 싶은 자기 모습 사이의 부합을 추구하는 일이다. 굳이 찾지 않아도 얻게 된다. 그리고 일단 얻어지면 변하지 않는다. 결국 당신을 규정한다. 그러면 끝이다. 편리하다. 나는 체구가 아주 작다. 그래서 대부분의 여자들이 입는 옷을 입지 못한다. 평생 동안 그 난관, 그 문제와 싸웠다. 너무 작은 여자라는 사실에 사람들이 관심을 갖지 않도록 옷이 절대 눈에 띄지 않게 할 것. 늘 똑같이 입어서 사람들이 나의 키에 대해 더 이상 묻지 않도록 할 것. 똑같이 입는 이유가 아니라 그냥 똑같이 입는다는 사실이 눈에 띄도록 할 것. 이제 나는 가방도 들지 않는다. 늘 같은 옷을 입고 다닌 뒤로 삶이 달라졌다. 하지만 조끼를 입기 전에도 조금은 비슷했다. 조금 다르게 비슷했다.

나는 글을 쓰기 때문에 좋은 옷을 입을 필요가 없었다. 글을 쓰기 시작하기 전부터 그랬다. 남자들은 글 쓰는 여자들을 좋아한다. 하지만 그렇게 말하지는 않는다. 작가는 낯선 땅이다.

이제 당신은 전부 다 안다.

작가들의 몸

작가들의 몸은 글의 일부다. 작가들은 어디 있든 성욕을 촉발한다. 왕족들, 권력자들과 같다. 남자들은 우리의 머리와 잔 셈이고, 우리의 몸과 우리의 머리에 함께 들어온 셈이다. 내 경우에는 한 번도 예외가 없었다. 이런 종류의 매혹이 지적이지 않은 남자들에게도 먹혔다. 노동자는 결코 책 쓰는 여자를 상대로 얻지 못할 터다. 세상 어디서나, 남자와 여자 모두, 작가들은 탁월한 성적 대상이다. 나는 아주 젊었을 때 나이 많은 남자들에게 끌리기도 했다. 그들이 작가였기 때문이다. 나는 지성 없는 성을 상상해 본 적이 없고, 일종의 자기 자신으로부터의 부재라 할 수 있을 무언가가 없는 지성을 생각해 본 적이 없다. 지식인 중에는 연인으로서 미숙하고 소심한, 겁을 잘 먹고 산만한 남자가 많다. 그들은 자기 자신의 몸에 대해서도 건성이기에, 나에게 집중하지 않아도 상관없었다. 내가 겪어 본 바로는, 섹스를 아주 잘하는 작가들은 그만큼 잘하지 못하는, 두려워하며 관계를 가지는 작가들에 비해서 덜 훌륭한 작가들이다. 재능, 천재성은 죽음을 환기하듯 강간을 환기한다. 가짜 작가들에게는 이런 문제가 없다. 그들은 건강하고, 그들과는 함께 있어도 안전하다. 부부가 작가인 경우, 여자는 자기들의 직업을 이렇게 말한다. "남편은 작가예요." 그러면 남편이 말한다. "아내도 글을 쓰죠." 아이들은 이렇게 말한다. "아빠는 책을 쓰고, 엄마도 가끔 써요."

알랭 벤스텐

요즈음은 나에게 힘든 시기다. 책이 끝났다. 내가 덮은 책이 내 안이 아닌 다른 곳에서 살아가는, 다시 나를 벗어나 버린 독이다. 말이 나오지 않는다. 11월 25일, 그러니까 어제 저녁에 '프랑스 퀼튀르'[38] 방송에서, 두 시간 내내, 나는 마치 실어증에 걸린 사람처럼 한 문장도 제대로 마치지 못했다. 정말 이상한 일이었다. 알랭 벤스텐이 기다려 주었고, 마침내 조금 말할 수 있었다. 하지만 다시 말이 멈췄다. 내가 겪은 일들, 내가 벗어난 일, 마치 악몽 같은 그 일이 무엇일까? 답은 여전히 모르겠다. 물론, 그 일이 있었다. 예순다섯 살의 나에게 동성애자 Y.A.와의 일이 있었다. 나의 삶에 느지막이 찾아온, 정말 예기치 못한, 끔찍하도록 놀라웠던, 가장 중요한 일. 『고통(La Douleur)』[39]의 사건과 비슷했다. 하지만 이번에는 그가 함께

38 프랑스의 공영 라디오 방송으로, 문화 채널이다. 1986년 『푸른 눈 검은 머리』가 출간된 뒤, 뒤라스는 알랭 벤스텐(Alain Veinstein)이 진행하는 대담 프로그램에 출연했다.

39 1985년 출간된 뒤라스의 책. 뒤라스의 첫 남편이자 뒤라스와 함께 레지스탕스

있다. 그를 기다리는 게 아니다. 그는 포로수용소가 아니라 내 앞에 있고, 나를 죽음으로부터 지켜 준다. 그게 바로 그가 한 일이고, 그는 알고 싶어 하지 않는다. 그는 알지 못한다. 그렇게 믿는다. 한 가지는 분명하다. 그도 나도 한 사람이 먼저 죽고 난 뒤에 남은 사람이 계속 살아갈 수 있으리라는 생각을 받아들이지 못한다. 우리는 서로 사랑한다는 사실을 안다. 하지만 말하지 않는다. 우리에게 그것은 말할 수 없는 일이다. 그 이야기만 있었던 게 아니다. 진을 빼던 책이 있었고, 그 책이 가는 길 위에 얀이 있었다. 얀은 마치 미친 사람처럼, 마치 책이 써지는 것을 막으려는 듯이 책에 덤벼들었고, 그러면서, 그 책이 써지도록 부추겼다.

오피탈 아메리캥[40]에서 혼수상태로 있던 동안, 이따금 정신이 돌아올 때면 나는 그가 곁에 있는 모습을 보았다. 아주 드물었던, 아주 짧은 그 순간들에, 그는 분명 나를 원했다. 나는 그에게 물었다. 이렇게 말했다. "혼수상태에서 내가 살아날 수 있을지 알지 못했는데, 그런데도 날 원했어." 그가 말했다. "맞아요, 그랬어요." 우리는 결론 내지 않고, 그냥 말했다. 그때 나는 더 이상 말할 수가 없었고, 더 이상 쓸 수도 없었다. 숟가락을 쥘 힘도 없었다. 침을 흘려서 온통 침투성이였다. 걷

활동을 하다가 체포되어 강제 수용소로 끌려간 로베르 앙텔므가 돌아오기를 기다리던 때의 이야기다.

40 파리 근교 뇌이쉬르센(Neuilly-sur-Seine)에 위치한 종합 병원('미국 병원'이라는 뜻이다.)으로, 뒤라스는 1982년에 이곳에서 알코올 중독 치료를 받았다. 점진적 개선 대신 단번에 중독 행위를 끊어 알코올성 혼수상태를 동반하는 치료법이었다.

는 법도 잊어버렸다. 환각도 이어졌다. 계속 넘어졌다. Y.A.는 그런 여자를 원했고, 여자로 사랑했다.

라신의 숲

트루빌에 머무는 동안, 나는 파리로 돌아갈 수 있다는 생각을 하지 못한다. 파리에 가면 무엇을 할 수 있을지 알지 못한다. 요즘 나는 사람들을 잘 만나지 않는다. 사실은, 그보다 더 심각한 상태다. 훨씬 더 심각하다. 파리에서 어떻게 살지 더 이상 알지 못한다. 무턱대고 저지르고, 그다음은 모른다. 심지어 나는 이틀 후의 삶이 어떻게 될지도 알지 못한다. 이 남자가 없어도, 이 남자와 함께 있어도, 우리 이야기가 아닌 다른 이야기 같다. 정말이다. 벤스텐에게 했던 말이 맞다. 그것은 고통이 아니라, 최초의, 유년기의 절망을 확인하기다. 한순간 갑자기, 여덟 살에 불가능을 알았을 때, 바로 그때가 된다. 사물들 앞에서, 사람들 앞에서, 바다 앞에서, 삶 앞에서, 자기 육체의 한계 앞에서, 죽음의 위험을 감수하지 않고서는 다가갈 수 없는 숲의 나무들 앞에서, 영원히 떠날 듯 가는 여객선의 출발 앞에서, 아버지의 죽음을 슬퍼하던 어머니 앞에서, 그 슬픔이 어린애 같다는 사실을 알면서도 어머니를 빼앗길까 봐 두렵게 했던 그 슬픔 앞에서 알게 된 불가능. 나이가 지닌 눈부신 힘이었으리라. 나는 아직까지 이르지 못했지만, 다가가고 있다. 자기만의 행동 방식을 세우지 않는 사람들은 그 분명한 것을 모른다. 어머니는 울 만한 상황이면 늘 울었고, 연회에서 남자들이 음탕한 농담을 쏟아 내고 나면, 상황에 알맞게, 늘 웃었다. 그렇게 다른 사람과 똑같이 행동하고 난 뒤에 집으로 돌아온 어머니의 모습은 거의 용서하는 마음으로 받아들여야 할 만큼 끔찍했다. 연회에서 돌아온 어머니가 너무 재미있게 즐겼다고 할 때면 우리는 어머니가 즐기지 못했다는 사실을, 죽을 만큼 지겨웠음을 알았다. 어머니는 다른 사람과 똑같아지기 위해 기꺼이 노력했지만, 그 노력은 우리에게 아무 소용이 없었다. 어머니가 다른 곳에 있음을 우리는 알았다. 어머니는 늘 다른 곳에, 숭고한 상태에 있었고, 어머니 자신은 몰랐지만, 우리는 그렇지 않은 어머니를 본 적이 없었다. 어머니는 숭고한 곳에 머물렀고, 우리만이 그것을 알았다. 우리가 반 고흐, 마티스, 니콜라 드 스탈,[41] 모네의 숭고함을 아는 까닭은 우리가 살아온 유년기 때문이다. 어머니에 대해서라면 현기증이 나도록 깊이, 쉼 없이, 탐색해 왔기 때문이다. 나는 얀의 이야기에도 반 고흐와 다른 화가들을 끌어오고 싶다. 얀 역시 성스럽다. 음악 역시 그렇다. 성스럽다. 글에서 성스러움을 찾아내려면 많이 뒤져 봐야 한다. 나는 찾았다. 라신[42]이라는 거대한 숲속에 성스러운 숨결이 인다. 라신이라는 광대무변한 숲속의 나무들 꼭대기. 라신이다. 하지만 관찰

41 Nicolas de Staël(1914~1955): 러시아 출신의 프랑스 화가로, 독창적인 '서정 추상' 작품들을 남겼다.

42 Jean Racine(1639~1699): 프랑스 17세기 고전 비극을 대표하는 극작가.

하고 읽고 생각하는 라신이 아니다. 라신의 음악이다. 음악이 말한다. 흔히 잘못 알고 있다. 모차르트가 그렇고, 라신도 그렇다. 분명하다.

보르도발 열차

그때, 나는 열여섯 살이었다. 그런데도 얼핏 보면 어린애 같았다. 중국인 연인 이후, 사이공에서 돌아왔을 때였다. 1930년 무렵, 보르도에서 떠나는 밤 기차였다. 가족과 함께, 어머니와 두 오빠와 함께였다. 여덟 명이 탈 수 있는 삼등칸에 우리 외에도 두세 명 더 있었다. 내 맞은편에 앉은 남자가 나를 쳐다보았다. 서른 살쯤 되어 보였다. 여름이었을 것이다. 나는 여전히 인도차이나에서 입던 밝은색 원피스 차림이었고, 맨발에 샌들을 신고 있었다. 잠이 오지 않았다, 그 남자가 나에게 가족들에 대해 물었고, 나는 인도차이나에서 우리가 어떻게 살았는지 얘기했다. 비, 무더위, 베란다 얘기를 했고, 프랑스와 다른 점을 알려 주었고, 숲으로 나들이 가는 얘기, 그리고 내가 그해에 대학 입학 자격시험을 친다는 얘기도 했다. 기차 안에서 만난 사람들과 자기 혹은 가족 이야기를 하게 될 때 등장할 법한 얘깃거리들이었다. 그러다가 한순간, 우리 둘 말고는 모두 자고 있음을 깨달았다. 안 그래도 나는 보르도에서 기차가 떠나자마자 금방 잠든 어머니와 오빠들이 깨지 않도록 나지막한 소리로 말하고 있었다. 내가 가족에 대해서 말하는 것을 만일 식구 중 누군가가 들었더라면 소리를 지르고 윽박지르고 고함치면서 막았을 터다. 그렇게 나와 남자가 나직하게 속삭이며 대화하는 동안 같은 칸에 타고 있던 다른 서너 명까지 모두 잠들었다. 결국 그 남자와 나, 단 둘이 깨어 있었다. 그렇게, 갑자기, 정확히 동시에, 단 한 번의 눈길로, 순식간에 시작되었다. 그 시절에는 그런 일들에 대해, 더구나 그런 상황에서, 그 어떤 말도 할 수 없었다. 한순간, 더는 대화를 이어 갈 수 없었다. 서로 쳐다볼 수도 없었다. 벼락이라도 맞은 것처럼 온몸에서 힘이 빠져나갔다. 내가 먼저 입을 열었다. 아침 무렵 파리에 도착했을 때 너무 피곤하지 않으려면 이제 자야겠다고 했다. 그의 자리는 문 쪽이었다. 그가 불을 껐다. 그와 나 사이에 빈자리가 있었다. 나는 몸을 눕혔고, 다리를 움츠린 채 눈을 감았다. 그가 문을 열었다. 밖으로 나갔다가 담요를 들고 와서 나에게 덮어 주었다. 나는 눈을 떠서 미소를 지으며 고맙다고 했다. 그가 말했다. "밤에는 난방을 꺼서 아침에 추울 거야." 나는 잠이 들었다. 그의 부드럽고 따뜻한 손이 다리에 닿는 감촉에 깨어났다. 그 손이 천천히 내 다리를 펴 주었고, 그런 뒤 몸 쪽으로 올라오려 했다. 나는 아주 살짝 눈을 떴다. 그는 그 칸에 탄 다른 사람들을 쳐다보았다. 그들을 살폈고, 두려워했다. 내가 아주 천천히 그에게 몸을 내밀었다. 발을 그에게 가져다 댔다. 내 발을 그에게 주었다. 그가 받았다. 나는 눈을 감은 채로 그의 모든 움직임을 따라갔다. 느린 움직임이 시작되었다. 점점 더 느려졌고, 끝까지 참다가, 마지막에, 절정의 쾌락. 울부짖는 듯한, 고통스러운 쾌락.

한참 동안 기차 소리 외에는 아무것도 없었다. 기차가 속도를 올렸고, 소리도 요란해졌다. 그러다가 다시 잦아들었다. 그의 손이 내 몸 위로 왔다. 그 손은 격렬했고, 여전히 뜨거웠다. 그 손은 두려워했다. 내가 그의 손을 잡았다. 그리고 놓아주었고, 그 손이 하는 대로 가만히 있었다.

다시 기차 소리가 커졌다. 그의 손이 멀어졌다. 한참 동안 멀어졌다. 그런 뒤에는 모르겠다. 나는 다시 잠들었다.

그의 손이 다시 왔다.

손이 나의 가슴, 배, 허리를, 내 온몸을 애무한다. 부드러운, 이따금 솟구치는 욕정으로 흥분하는, 그러나 부드러운 애무였다. 그의 손이 나의 성기까지 왔다. 떨고 있는, 당장이라도 미끼를 물, 다시 뜨겁게 달아오른 손. 그러다가 다시 갔다. 정신을 차려서 현명해지고 친절해진 손은 아이와 작별했다. 손 주위에는 기차 소리뿐이다. 기차 주위에는 밤뿐이다. 복도도 고요하다. 기차 소리뿐이다. 기차가 멈출 때면 사람들이 깨어난다. 그는 밤에 내렸다. 파리에서 내가 눈을 떴을 때 그의 자리는 비어 있었다.

책

책, 사랑하는 두 사람의 이야기. 그렇다. 예고도 없이 닥친 사랑이다. 그 일은 책 바깥에서 일어난다. 지금 나는 책 속에서 말하고 싶지 않았던 것을 말하고 있다. 그 일을 말하기 위한 낱말을 찾기가 조금 힘들어도, 그래도 잊지 말고 지금 말해야 한다. 그것은 글로 쓰일 수 없다는 불가능성 속에 있는 사랑이다. 아직 글쓰기가 가닿지 못한 사랑이다. 너무 강한 사랑, 그 사람들보다 사랑이 더 강하다. 아무런 계획도 없다. 밤이고, 대부분 자는 동안이다. 그렇다, 원래 새로 시작하는 사랑은 대개 순서에 따라 진행된다. 불가능하게 가로막는 장애가 가운데 버티고 있으면, 주변에서라도 해낸다. 습관과 관습을 만들어 낸다. 먹고, 자고, 키스하고, 싸우고, 화해한다. 자살을 시도하고, 때로 서로에게 애정을 품고, 때로 헤어지고, 돌아오고, 때로 다른 것에 대해 말하고, 항상 울지는 않는다. 그런데 여기서는 아무것도 하지 않는다. 섹스도 하지 않는다. 어둠 속에서 기다릴 뿐이다. 때로 남자가 여자를 죽이고 싶어 한다. 지금 나는 남자가 그랬어야 한다고, 여자를 죽여야 했다고 생각한다. 하지만 그때는 조금 부자연스럽고 성급한 해결책 같았다. 그것은, 얼굴 없는 거울 속 앨리스의 미소처럼, 주체들 없는, 이치에 맞지 않는 사랑이다. 추상적인, 틀린 말이리라. 아니, 하던 얘기로 돌아가자. 그것은 이미 사랑하는 사랑이다. 그 사랑은 침입자처럼 닥치고, 사람들이 종교적 이유를 내걸고 하는 그 어떤 말에도 끄떡없다. 그래서 그것은 고통의 욕구와 닮았다. 이유는 알 수 없지만, 이미지 없고 얼굴 없고 목소리 없는 부재를 상기하기 위해 고통을 겪어야만 한다. 하지만 그것은 마치 음악의 효과처럼 온몸을 흥분의 떨림으로 실어 간다. 그와 함께, 형식의 굴레에서 벗어나는 해방이 온다.

그렇다, 이 책은 알지 못하는 힘으로 인해 서로 사랑한다고 말할 수 없는 두 사람 사이의 고백하지 못한 사랑의 이야기다. 그들은 사랑한다. 분명하지는 않다. 사랑한다고 드러내 놓고 말할 수 없다. 늘 도망 다닌다. 무력하다. 그러나 그렇다. 똑같은 감정으로, 그들은 혼란스럽다. 그들은 자신들 사이에서 일어나는 것, 그들을 묶어 주는 것에 대해서 뭔가 알고 있을까? 모르겠다. 그들은 사랑을 두고 침묵을 지키는 의미에 대해서 다른 사람들보다 잘 안다. 하지만 그 침묵을 살아 내는 법은 알지 못한다. 그 대신, 마치 자신들이 다른 사람인 양, 다른 이야기를 산다. 누군가 서로 사랑한다고 말할 때, 보통은 애욕의 사랑이다. 여기서는, 서로 사랑하는 법을 모르는, 그저 어떤 사랑을 살아 내는 사람들이다. 말이 입술에 이르지 않아서 말할 수 없고, 표현하고 비워 낼 성적인 욕망이 없고, 그런 뒤에 수다를 떨고 술을 마시지도 못한다. 그렇다. 오로지 눈물

뿐이다.

책 속의 그들을 나는 안다. 그들의 이야기는, 내 이야기를 알지 못하듯이, 알지 못한다. 나에게는 이야기가 없다. 그리고 삶이 없다. 나의 이야기는 매일매일, 그리고 그 매일의 매 순간에 삶의 현재에 의해 가루가 되어 흩어진다. 나는 사람들 각자가 '나의 삶'이라고 부르는 그것을 전혀 모르겠다. 흩어진 나를 한데 모으는 것은 죽음에 대한 생각뿐이다. 혹은 그 남자에 대한, 내 아이에 대한 사랑뿐이다. 나는 살면서 이렇게 저렇게 살라는 삶의 모델을 단 한 번도 받아들이지 못했다. 사람들은 무엇을 근거로 자기 삶을 이야기하는 걸까? 사실, 연대순으로 주어지는, 외적 사실들을 기반으로 하는 이야기가 제일 많다. 보통은 그 모델을 따른다. 처음 삶이 시작된 순간으로부터 사건들, 전쟁, 거주지의 변화, 결혼…… 이런 것들을 따라 현재로 내려온다.

있는 그대로, 손댈 수 없는 책들이 있다. 『80년 여름』, 『대서양의 남자』, 샬리마르 정원[43]에서 외치는 부영사, 거지 여자,[44] 나병의 냄새, 『M.D.』,[45] 『롤 베 스타인』, 『연인』, 『고통』,

43 무굴 제국의 황제 샤 자한이 라호르에 지은 정원. 『부영사』에서 라호르 주재 프랑스 부영사는 샬리마르 정원에서 밤마다 소리를 지르고, 나병 환자들에게 총을 쏜다.

44 뒤라스가 유년 시절에 빈롱에서 본 '거지 여자' 이야기는 이후 『부영사』를 비롯한 뒤라스의 다른 소설들에서 중요한 모티프로 등장한다.

45 1983년에 출간된 얀 앙드레아의 첫 작품으로, 뒤라스와 함께한 나날을 이야기한다.

『고통』, 『고통』, 그리고 『연인』, 엘렌 라고넬,[46] 기숙사, 메콩 강의 불빛. 『방파제』 역시 손댈 수 없는 책이 되었다. 위장을 했고, 개인적인 몇 가지 사실을 다르게 바꾸어 놓았다. 독자의 호기심을 덜 자극하고, 그럼으로써 독자가 읽어 주었으면 하고 내가 바라는 이야기에서 독자가 멀어지지 않게 했다. 첫 이야기, 사라진 그 이야기에 모든 것이 들어 있었다. 『연인』이 나올 때까지 계속 그랬다. 그러니까 나의 삶에는 두 소녀가 있고 내가 있다. 『방파제』의 소녀. 『연인』의 소녀. 그리고 가족사진들 속 소녀. 가장 최근에 쓴 책, 끔찍했던 1986년 여름에 그 책을 쓰는 동안, 그때 일어난 일은 나도 모르겠다. 물론 있었던 그대로는 아니지만, 겪은 이야기다. 거짓은 찾기 힘들다. 어디서 거짓말을 하는지, 어떤 면에서, 어느 부사에 거짓말이 있는지 말하기 힘들다. 아마도 거짓말은 단 한 단어 안에 있을 터다. 욕망에 관해서는 거짓말이 없다. 여자의 몸을 밀쳐 내는 남자라면 언제든 그런 식이리라. 하지만 그 책은 내가 겪은 일이다. 나에게 그것은 일반적 사례가 아니라 개별적으로 특수한 사례다. 글로 쓰는 시간은 지나왔고, 이제는 겪은 고통을 기억해야 한다. 고통은 남았다. 조금도 수그러들지 않았다. 떨림도 그대로다. 『연인』이나 『고통』의 떨림은 여전히 온기를 간직한 채 고동친다. 아주 작은 숨결 하나에도 다시 울린다. 목소리들도 여전히 들을 수 있다. 1986년 여름의 책은 그렇지 않다. 아무것도 안 들린다. 아무것도 안 보인다. 나는 책 속 사람들과 섞여 버렸다. 그 책에서 나는 한 여자와 한 동성애자 남자 사이의 사랑이 가능하다는 듯 이야기하면서, 불가능한

46 『연인』에 등장하는 뒤라스의 기숙사 친구.

이야기를 말했다. 하지만 내가 말하고 싶은 것은 글쓰기에서 멀리 떨어져 있는 사람들의 눈에 불가능해 보이더라도 여전히 가능한, 글쓰기는 그런 종류의 가능성 혹은 불가능성과 관련이 없으니까, 가능한 사랑 이야기다. 내가 지금 말하고 있는 그것을 말하고 싶었을 수도 있다. 그러니까, 사람들 사이의 사랑이 아니라, 그저 사랑이 있었다고. 혹은, 어쩌면, 그들 관계의 경계에서, 어떤 밤에, 한 번, 마치 암흑을 비추는 가느다란 빛줄기처럼 사랑이 나타났다고, 한 번, 어떤 순간에, 이야기가 사랑에 이르렀다고.

진실 그대로가 아닌 것을 쓰면, 아주 조금만 그래도, 너무 힘들다. 나에게는 아주 드문 일이다. 아직 그 책의 글쓰기에서 다 벗어나지 못했기에 정확히 알지 못한다. 책에 대한 감정이 좀 더 좋아질 때까지, 책이 더 이상 나를 다치게 하는, 적대적인 대상, 나를 공격하는 무기가 아닐 때까지 기다려야 한다. 무슨 일이 일어난 걸까? 모든 것이 글쓰기가 될 수는 없다는 사실을 알게 되었다. 이제까지 나는, 반대로, 글쓰기는 열려 있다고, 모든 것을 뚫고 간다고, 설사 문이 닫혀 있어도 들어갈 수 있다고 믿었다. 그런데 글쓰기가 더 나아가지 못하는 문이 있다는, 우리가 바라든 바라지 않든, 이유는 모르겠지만, 어떤 닫힌 문 앞에서는 글쓰기가 멈춰 서고 만다는 사실을 알게 되었다. 이 책에는 잠재적으로 바르트 방식의 글쓰기가 들어 있다. 나는 무언가 말하고 싶은 게 있고, 그것을 드러내 보인다. 그리고 때로, 문학상을 받은 소설들이 그렇듯이, 소설에는 정당성이 부여된다. 다시 말하면, 나는 아직 거기서 벗어나지 못했다. 나는 이야기 속에 바다를, 어느 강을 옮겨 놓았다. 하지만 그 안에 사랑을, 사람들을 풀어놓기에는 충분하지 않았다. 나에게 너무 깊이 관계된 일이었다. 다가오지 않았다.

어떻게 해야 했는지 여전히 모르겠다. 매일 일어나는 일이 매일 닥치는 일은 아니었다. 일어나지 않은 일이 그날의 가장 중요한 일로 닥치기도 했다. 아무 일도 닥치지 않은 날이 생각할 게 가장 많은 날이었다. 피폐해진 얼굴 그대로, 나이도 직업도 그대로, 나의 난폭함과 광기도 그대로, 여행 가방을 들고 책으로 들어가야 했다. 그대 역시, 여행 가방을 챙겨 들고, 매끄러운 얼굴도 나이도 그대로, 그 한가함, 그 끔찍한 난폭함, 그 광기, 그 동화 같은 순결주의로, 책 속에 있어야 했다. 그래도 충분하지는 않았으리라.

우리는 모든 타협을, 사람들이 다른 종류들 사이에서 흔히 시도하는 '조정'을 모두 거부했다. 우리는 그 사랑의 불가능성을 직시했다. 뒤로 물러서지 않았고, 도망치지 않았다. 상상할 수 없는, 멀리 있는 사랑이었다. 너무 이상해서, 웃었다. 우리는 인정하지 않았고, 주어지는 대로, 불가능하게, 정말로 그대로 살았다. 고통을 줄이기 위해 아무것도 하지 않았고, 피하지 않았고, 무찌르려 하지 않았고, 떠나려 하지 않았다. 그것으로는 충분하지 않았다.

원고를 넘겨주기 전 마지막 날까지, 나는 여전히 책의 출간을 막을 수 있다고 믿었다. 하지만 그렇게 생각하는 사람은 나뿐이었고, 너무 늦었다. 결국 책을 출간했고, 옳은 일이었다.

킬뵈프

킬뵈프가 글쓰기 욕망을 촉발했다고 말한 적이 있다.[47] 사실은, 반대였다. 글 쓰려는 욕구가 컸기 때문에 킬뵈프의 이야기가 나를 붙잡았다. 하지만 그것은 아직 나오지 않은 책의 한 외면이다. 그러니까, 킬뵈프로부터 내 머릿속으로 온 그 책은 원래 내가 막 끝낸 세 번째 책보다 앞서야 했다. 원고를 잃어버리지만 않았다면, 먼저 나온 책을 지금 쓰고 있어야 한다. 사라진 원고를 찾기 위해 트루빌에도 다녀왔다.

시간이 지났다.

잃어버렸던 열 페이지의 글을 출간된 책의 초고 사이에서 찾았다.

그래서 1987년 3월에 책을 끝냈고, 『푸른 눈』보다 여섯 달 뒤에 편집자에게 넘겼다.

이번만큼 좋아해 본 책은 아주 오랜만이다.

47 센강 하구에 위치한 노르망디의 도시. 킬뵈프를 배경으로 하는 뒤라스의 소설 『에밀리 엘(Emily L.)』(1987)을 말한다.

거짓의 남자

최근에 '거짓의 남자'라는 제목으로 책을 쓰려 했다.[48] 늘 거짓말을 하는 남자의 이야기였다. 그는 자신에게 일어나는 일들에 대해 언제나, 누구한테나 거짓말을 했다. 미처 말이 입술에 이르기 전에, 거짓이 먼저 가닿았다. 정작 본인은 느끼지 못했다. 보들레르나 조이스 얘기를 할 때는 거짓말하지 않았다. 여자들과의 염문을 자랑하며 떠벌릴 때도 거짓말하지 않았다. 절대 아니었다. 그의 거짓말은 스웨터의 가격, 지하철 노선, 영화 시간표, 이런 것이었다. 친구와 만난 일에 대해 거짓말을 했고, 들은 얘기를 전하면서, 메뉴가 뭔지 말하면서, 여행 다녀온 이야기를 하면서 도시들 이름을 비롯하여 모든 여정을 거짓말로 얘기했다. 그리고 자기 가족에 대해, 어머니에 대해, 조카들에 대해 거짓말을 했다. 굳이 이득될 일도 없

48 뒤라스는 1980년대 초에, 약 이십 년 전에 연인이었던 제라르 자를로(Gérard Jarlot)의 이야기를 쓰기 시작했지만 끝맺지 못했다. 미완성 원고가 플레야드 전집에 실려 있다.

는 거짓말이었다. 처음에는 미칠 것 같았다. 몇 달이 지나니 익숙해졌다.

그는 뛰어난 재능을 가진 작가였다. 무척 세련됐고, 무척 재미있고, 정말로 대단히 매력적이었다. 말도 아주 잘했다. 보기 드물게 잘했다. 중산층 출신이면서 귀공자의 우아한 정중함을 지닌 남자였다. 어머니 혼자 그를 키웠는데, 그런 환경이 아들의 기질과 매력에 아무런 영향도 주지 않을 만큼 왕처럼 떠받들며 키웠다.

내가 그에 대해서 이렇게 무장 해제 상태로 말하는 까닭은 그가 늘 연인, 여자들의 연인이었기 때문이다. 그는 여자들을 볼 줄 알았다. 눈길 한 번으로 여자들 욕망의 본질을 꿰뚫어 보는 재능을 가졌다. 다른 남자에게서는 한 번도 본 적 없는, 그런 재능이었다. 그 남자에 대해서 내가 말하고 싶은 것은 그가 마음속으로 여자들을 '차지하는', 그러고는 그녀들의 아름다움을 알기도 전에, 목소리를 듣기도 전에, 이미 여자들을 사랑하는 재능이다.

여자들은 그의 삶의 원칙이었다. 많은 여자들이 그가 다가온다는 사실을 그의 눈길만으로도 알았다. 그가 한 여자를 바라보면, 그는 이미 그 여자의 연인이었다.

그는 절제되었으면서 동시에 거친, 무서우면서 동시에 예의 바른, 그런 난폭한 사랑을 했다.

그 남자에 대해 쓰려고 몇 번 시도했었다. 그런데 시작만 하면 이내 그의 거짓말이 그를 가려 버렸다. 그의 얼굴과 눈빛까지 다 가렸다. 그런데 지금, 갑자기, 처음으로 가능해졌다.

그는 혼자 지낼 아파트를 구했다. 모든 통제와 친구와 가족을 피해 그곳에 숨었다. 그는 늘 젊고 매력적이고 싶어 했고, 젊게 살고 싶어 했다. 점심은 크로크무슈를 먹고, 저녁 식사는 레스토랑에서 하고, 여자들, 모든 여자를, 겨울엔 프랑스 여자들, 여름에는 젊은 영국 여자들을 원했다. 그는 여름이면 생트로페에 갔다. 어디든 여자들을 따라갔다. 1950년에는 그랬다. 여자들에 대한 자신의 열정을 그대로 따라가기로, 그 고통과 위험까지, 자기가 몇 살이 되든, 그대로 따라가기로 결심한 남자였다. 그는 여자들 손에 쓰러지기를 바랐고, 스스로 온전히 여자들의 제물이 되고 싶어 했다. 그는 자신의 욕망대로 살고자 했다. 단 한 번, 거리에서 눈길 한 번 던졌을 뿐이라 해도, 그의 성욕은 자신이 매혹시킨 여자들을 절대 잊지 않았다. 일단 마음속에서 한 여자를 택하고 욕망에 사로잡히면, 다른 것은 모두 내팽개치고 오로지 그 열정에만 매달렸다. 다른 여자들은 더 이상 존재하지 않았다. 사랑하는 동안에 그는 오직 한 여자에게 종교적 헌신 같은 강렬한 사랑을 바쳤다. 그 어떤 것도 그의 의지가 결정한 바가 아니었다. 한 여인을 향한 욕망도, 그에 대한 신중한 혹은 절제된 행동도 그가 선택할 수 있는 게 아니었다. 그가 할 수 있는 일이라고는 오로지 그 여인을 향한 갈망으로 죽는 것뿐이었다.

그는 너무도 멋진, 말 그대로 완벽한 남자였다. 늘 죽지는 않으면서 죽느라 온 힘을 써 버렸고, 열렬한 사랑만큼이나 죽음을 갈망했다. 그가 스스로에 대해 아는 바는 모두 여자들을 통해서 얻은 것이다. 그는 여자들 때문에 걷잡을 수 없는 비극적 흥분으로 치달았다. 밤에 술집에서 그를 자주 보았다. 여자가 다가오면 그의 얼굴은 당장 기절할 사람처럼 갑자기 창백해진다. 그 여자를 바라보는 동안 다른 여자들에 대한 기억은 모두 잊는다. 매번 한 여자가 그에게는 유일한 마지막 여자였다. 죽을 때까지 그랬다.

어느 봄날 에트르타[49]에서 죽음이 찾아왔다. 죽지는 않았지만, 끔찍한 장애가 남았다. 이 년 동안 절대 여자에게 손을 댈 수 없게 되었다. 담배도 사랑도 키스도 불가능했다. 다시 주어진 삶에는 그런 조건이 따라붙었다. 심각한 뇌경색이었다. 그리고 십 년 후에 죽었다.

처음 이 년 동안 그는 오래전에 시작한 책을 썼다. 남자의 책. 아주 긴, 1950년대식의 책이었다. 그 책으로 프랑스에서 가장 중요한 문학상인 메디치 상을 받았다.[50] 그는 상을 받고 행복해했다.

아마도, 그의 죽음이 가까이 왔을 때였다. 그와 나를 다 아는 한 친구가 말하길, 그가 평생 동안 단 한 번 한 여자를 지속적으로 사랑한 적이 있다고 했다. 몇 년 동안 그 여자를, 한 여자를 배신하지 않았다고 했다. 일부러 다짐하고 그런 것은 아니었다고도 했다. 어째서일까? 그도 이유를 알지 못했다. 살면서 단 한 번, 한 여자만을 지속적으로 바라보기. 사랑. 다른 여자가 아닌 바로 그 여자와 함께 그럴 수 있었던 이유는 뭘까? 그는 알지 못했다.

아마도 자기 때문이 아니라 여자 때문이리라고, 그는 그렇게 생각했다. 원래 그런 거라고. 연인들의 관계는 언제나 여

49 영불 해협에 면한 프랑스 노르망디 지역의 도시.

50 1963년에 출간된 제라르 자를로의 소설 『짖는 고양이(Un chat qui aboie)』를 말한다.

자로 인한 거라고, 언제나 여자라고, 여자의 욕망에 달려 있다고. 사랑도, 사랑 이야기도, 모두 여자의 욕망이 얼마나 이어지는가로 결정된다. 여자의 욕망이 멈추면 남자의 욕망도 멈춘다. 그리고 만일 여자의 욕망이 멈춘 뒤에도 욕망이 끝나지 않는다면, 남자는 가련하고 수치스럽게, 치명적인 상처를 입고 혼자가 된다.

그는 남자와 여자가 다르다고 믿었다. 몸과 욕망과 형태가 다르다고, 근본적으로 다르다고, 다르게 창조되었다고 믿었다.

그가 죽은 곳은 하룻밤을 위해 구한 호텔 방이었다. 내가 사는 곳에서 아주 가까웠다. 전해 들은 얘기로는, 무척 아름답고, 아주 젊고, 빨강 머리이고, 그의 소설에 나오는 여인처럼 초록빛 눈동자를 가진 여인이었다. 막 결혼을 한 그녀는, 그때까지 계속 그를 거절하다가, 그날 밤 처음으로 그와 함께했다.

그녀가 그를 기다린다. 그는 늦게 도착한다. 그는 느긋하다. 담배를 피운다. 끊었던 담배를 다시 피운 지 일 년째다. 그는 그 여인을 간절히 원했다. 몇 달 동안, 딱 하룻밤만 호텔에 함께 가자고 조르고 또 졸랐다. 그녀가 졌다. 그는 아주 창백하다. 흥분을 주체하지 못해서다. 뇌경색이 온 이후로 새로운 여자와 함께할 때마다 죽음이 두려웠다. 순식간이다. 급작스럽게 닥치는 죽음. 죽음이 오는구나, 생각할 겨를도 없다. 그녀가 그렇게 말했다. 그녀는 자기를 누르는 몸의 무게에서 그의 죽음을 느꼈다. 그는 이미 그녀 안에 들어와 있었다. 그녀는 곧바로 알아챘다. 그리고 호텔을 벗어났다. 프런트를 지날 때 방 호수를 알려 주며 사람이 죽어 있다고, 경찰에 연락하라고 말했다.

기억이 분명하다. 그가 성큼성큼 거리를 걷는다. 옷을 아주 잘 차려입었다. 색깔이 생각난다. 밑창에 징이 박힌 영국 구두, 겨자색의 넉넉한 스웨터와 밝은 밤색의 벨벳 바지가 생각난다. 그는 긴 다리로 규칙적인, 더없이 멋진 자태로 걸었다. 날렵한 몸은 행복한 걸음을 재촉했고, 그는 머뭇거리지 않았다. 그는 걷는다. 바라본다. 반쯤 잠든 듯 텅 빈 시선이지만, 그래도 바라본다. 언제든 이름이 불릴 때 그는 늘 그런 모습이다. 언제나 그렇게 바라보고, 두리번거리고, 자기 시선 뒤에 숨는다. 그리고 겨울날 오후의 권태에 사로잡혀 어쩔 줄 모르는, 샤넬 옷을 입은 여자들을 살핀다.

아주 젊은 여자가 나를 찾아온 적이 있다. 그의 얘기를 해 달라고 했다. 호텔의 그 여자는 아니었다. 그의 죽음이라는 비극에서 미처 빠져나오지 못한 여자는 죽은 남자에 대해 충분히, 명료하고 깊이 있게, 순수하게 말해 줄 사람을 찾고 있었다. 나는 거의 아무 말도 하지 않았다.

크리스마스 파티에서 처음 만났다. 연인을 구하고 싶어서 내가 혼자 간 자리였다. 그는 나와 함께 파티 장소를 떠났지만 나는 더 내키지 않아서 그냥 헤어졌다. 우리를 둘 다 알고 지내는 친구가 있었다. 그때도 파리에서는 지금처럼 서로 다 알고 지냈다. 그는 그 친구에게 전화를 했고, 카페 이름을 대며 거기서 기다리겠다고 나에게 전해 달라고 했다. 그리고 일주일 동안 하루에 대여섯 시간씩 거리를 쳐다보며 앉아서 나를 기다렸다. 나는 가지 않았다. 매일 외출했지만, 그 카페가 있는 쪽으로는 가지 않았다. 하지만 새로운 사랑을 찾고 싶어서 죽을 것만 같았다. 여드레째 되던 날 나는 마치 교수대에 오르는 심정으로 그가 기다리는 카페로 들어갔다.

사진

이사를 다니다 보면 사진이 없어진다. 나의 어머니는 평생 스무 번에서 스물다섯 번 이사를 했고, 그러는 동안 가족사진들이 사라졌다. 서랍 뒤로 넘어가서 눈에 띄지 않기도 한다. 그나마 운이 좋으면 새로 이사할 때 발견한다. 그렇게 백 년이 지나면 사진은 마치 유리가 깨지듯 바스러질 것이다. 이미 얘기했는지 모르겠는데, 1950년대의 어느 날, 인도차이나에서 산 옷장의 서랍 밑에서 우편엽서 한 장이 나왔다. 1905년에 생브누아 거리[51]에 사는 누군가에게 보낸 엽서였다. 우리는 이제 사진 없이는 살 수 없다. 내가 젊었을 때도 이미 사진이 있었다. 내 어머니에게 아이의 사진은 성스러운 물건이었다. 자식의 어린 시절 모습을 다시 보고 싶을 때, 사진이 있다. 지금도 그렇게 한다. 신비스럽다. 내 눈에는 얀의 사진 중에서 내가 그를 알지 못하던 때, 십 년 전의 것들만이 아름답다. 내가 지금 그에게서 찾는 것이 그 사진들 속에 들어 있다. 아직

51 파리 6구 생제르맹데프레 구역에 위치한, 뒤라스가 살던 거리다.

아무것도 모르는, 1980년 9월 우리에게 일어날, 좋든 싫든 일어날 일을 아직 알지 못하는, 그 순수함.

『연인』에서 빈롱의 사람들처럼, 19세기 말의 사람들은 마을 사진사에게 가서 사진을 찍으며 더 오래 살 수 있다고 믿었다.

당신의 증조할머니 사진은 존재하지 않는다. 온 세상을 뒤져도 찾지 못할 것이다. 사진이 없다는 사실은, 우리가 그것을 생각하는 순간 아주 중요한 결핍이 되고 문제가 된다. 사진 없이 어떻게 살았을까? 죽고 나면 얼굴도 몸도 남지 않는다. 어떤 미소를 지녔는지에 대한 기록도 없다. 당시 사람들이 앞으로 사진이라는 것이 나온다는 말을 들었다면 놀라서 입을 다물지 못했으리라. 하지만 나는, 사람들이 믿는 것과 반대로, 사진이 우리의 망각을 도와준다고 생각한다. 그것이 바로 현대 사회에서 사진이 행하는 기능이다. 이미 죽은 사람, 혹은 어린아이의 얼굴, 손 닿는 곳에 있는, 움직이지 않고 밋밋한 얼굴들은 사람들이 머릿속에 담고 있는 백만 개의 이미지를 대신하는 한 가지일 뿐이다. 백만 개의 이미지로 늘 똑같은 영화가 만들어진다. 그것은 죽음을 확인한다. 사진은 탄생 초창기인 19세기 전반에 어떤 용도로 쓰였을까? 고독에 빠진 개인들에게 어떤 의미를 지녔을까? 아마도 죽은 이들을 다시 보고 혹은 자기 자신을 보았으리라. 내 생각에, 두 번째 의미는 분명하다. 우리는 자기 사진을 보면서 놀라거나 당황하거나 황홀해한다. 자기 자신의 모습은 다른 사람의 모습보다 늘 비현실적이다. 우리가 살면서 가장 안 보게 되는 것은, 거울에 비친 모습을 포함하여, 바로 우리 자신이다. 우리가 가지기를 원하는, 스스로 만들어 내는 가장 좋은 이미지는 사진기 앞에서 포즈를 취할 때 짓게 되는 완전 무장한 얼굴의 그것이다.

단수(斷水)하러 온 남자

몇 년 전, 프랑스 동부 지방의 한 마을, 여름날이었다. 아마 삼 년 혹은 사 년 전이었고, 오후였다. 수도국 직원이 단수 조치를 하러 왔다. 조금 특별한, 다른 사람들과 다른, 그러니까 지능이 조금 모자란 사람들이 사는 집이었다. 그들은 고속 철도가 동네를 지나게 되면서 폐쇄된 옛 기차역에 살았다. 지역 관청에서도 묵인해 주었다. 남자는 마을 사람들의 일을 도와주는 잡역부였고, 군청의 도움도 받았을 것이다. 아이가 둘, 네 살과 한 살 반이었다.

그들의 집 앞으로, 아주 가까이 고속 철도가 지나갔다. 그들은 가스 요금도 전기 요금도 수도 요금도 낼 수 없었다. 몹시 가난했다. 그리고 어느 날 수도국 직원이 그들이 사는 역의 단수를 통고하러 왔다. 여자는 아무 말도 하지 않았다. 남편은 나가고 없었다. 지능이 조금 모자란 여자가 네 살과 한 살 반짜리 아이와 함께 있었다. 수도국 직원은 별다르지 않은 평범한 사람이었으리라. 나는 그를 '단수하러 온 남자'라고 불렀다. 그때가 한여름이라는 사실을 그는 알고 있었다. 자기도 더

위에 지쳤으니, 무척 더운 여름임을 알았다. 한 살 반짜리 아기도 보았다. 그는 단수 조치를 하라는 명령을 받았고, 그렇게 했다. 주어진 직무를 수행했다. 그는 물을 끊었다. 여자를 물 한 방울 없는 상태로 두고 돌아갔다. 여자에게는 아이를 씻길 물도, 아이에게 마시게 할 물도 없었다.

그날 저녁, 여자와 남편은 두 아이를 데리고 폐쇄된 역 앞을 지나는 고속 열차 선로에 누웠다. 그들은 함께 죽었다. 백 미터만 걸어가면 된다. 그리고 눕는다. 아이들을 달랜다. 아마도 노래를 불러 주며 재웠을 것이다.

기차가 멈췄다고 한다.

그렇다. 이게 그 이야기다.

수도국 직원이 말했다. 물을 끊으러 갔었다고. 어머니와 함께 있는 아이를 보았다는 말은 하지 않았다. 그녀가 안 된다고 하지 않았다고, 물을 끊지 말아 달라고 말하지 않았다고 했다.

조금 전 내가 말한 것에서, 문득, 내 목소리가 들린다. 그녀는 아무것도 하지 않았다. 그녀는 안 된다고 하지 않았다. 이거다. 수도국 직원의 이야기로 사람들이 알게 된 사실이다. 그녀가 안 된다고 하지 않았으니, 하지 않을 이유가 없다는 말일까? 미치게 하는 이야기다.

나는 계속한다. 그 장면을 보려고 애쓴다. 그녀는 남자에게 아이가 둘 있다고 말하지 않는다. 아이가 바로 그의 눈앞에 있기 때문이다. 물이 없으면 더워서 안 된다고도 말하지 않는다. 이미 더운 여름이기 때문이다. 그녀는 남자가 단수 조치를 하는 동안 가만히 있었다. 그리고 잠시 후, 두 아이를 데리고 마을로 갔다. 알고 지내는 카페였다. 그곳에서 그녀가 무슨 말을 했는지는 알려지지 않았다. 그곳 여주인이 뭔가 말했는지도 알 수 없다. 내가 아는 것은, 그녀가 여주인에게 죽음에 대해 말하지는 않았다는 사실이다. 무슨 일이 일어났는지 말했을 수 있지만, 죽을 거라고, 두 아이랑 남편과 함께 죽을 거라고 말하지는 않았다.

여자가 카페 주인에게 한 말을 알지 못하는 기자들은 그 '사건'에 대해 언급하지 않았다. 내가 말하는 '사건'은 온 가족이 함께 죽기로 결심한 뒤 여자가 두 아이를 데리고, 그게 무엇이었는지는 모르지만, 아무튼 죽기 전에 해야 할, 혹은 말해야 할 무언가를 하러 혹은 말하러 집을 나선 순간이다.

바로 거기, 수도국 직원이 물을 끊는 순간부터 여자가 카페에서 돌아온 순간까지, 나는 그사이에 놓인 이야기의 침묵을 되살린다. 그러니까, 깊은 침묵의 문학을 되살린다. 바로 그것이 나를 앞으로 나아가게 하고, 이야기에 파고들도록 한다. 그것이 없다면 나는 이야기 바깥에 머물고 만다. 그녀는 그냥 집에서 기다리다가 남편이 오면 죽기로 했다고 알려 줄 수도 있었다. 그런데 그렇게 하지 않았다. 마을로, 카페로 갔다.

만일 여자가 무슨 말을 했는지 알려졌다면, 나는 그 일에 관심을 가지지 않았을 것이다. 내가 크리스틴 빌맹[52]한테 깊

52 1984년 네 살 소년 그레고리가 시신으로 발견된 사건을 두고 증인과 익명의 제보 등이 이어졌지만 수사에 진척이 없었다. 중요 용의자가 살해되기도 하면서

은 관심을 가지게 된 이유는 그녀가 두 문장을 제대로 잇지 못하기 때문이다. 그녀는 그 여자와 같은 부분을 가지고 있었다. 무한한 폭력이다. 두 여자에게는 무언가 본능적인 행동이 있고, 우리는 그것을 탐사해서 침묵으로 돌려보낼 수 있다. 남자의 행동을 침묵으로 돌려보내기는 훨씬 힘들고, 적절하지도 않은 일이다. 침묵은 남자들의 몫이 아니니까. 오래전부터, 옛날부터, 수천 년 전부터 침묵은 여자들의 몫이었다. 따라서 문학도 여자들의 것이다. 문학 속에서 여자에 대해 말하든, 여자들이 문학을 하든, 아무튼 여자들의 것이다.

따라서 한 번도 말한 적이 없으니 말하지 않으리라고 사람들이 믿었던 그 여자는 분명 말했다. 죽기로 한 결심에 대해서가 아니라, 그 대신, 그 결심 아닌 다른 무언가를 말했다. 그 무언가는 그녀에게 결심과 동등하고, 나중에 그 이야기를 알게 될 모든 사람들에게도 그렇다. 아마도 더위에 관한 한 문장이었으리라. 그 문장은 신성해졌다.

언어는 바로 그런 순간에 궁극의 힘에 이른다. 여자가 카페 주인에게 한 말이, 그것이 어떤 말이든, 모든 것을 대신했다. 그 한 문장, 죽음을 실행에 옮기기 전에 그녀가 말한 마지막 문장은 사람들 평생의 침묵과 같다. 하지만 아무도 그 문장을 담아 두지 않았다.

몇 차례의 재수사가 진행된 후에도 결국 미제 사건으로 남았다. 1985년에 용의자 중 한 명이던 그레고리의 어머니 크리스틴 빌맹(Christine Villemin)에 대해 의혹을 제기하는 뒤라스의 글이 《리베라시옹》에 실리며 논란을 일으켰다.

삶에서 매일 일어나는 일이다. 떠날 때, 죽을 때, 자살할 때, 아무도 미리 알아채지 못한다. 그 일이 있기 전에 하는 말, 미리 경고해 주었을 그 말을 사람들은 잊어버린다.

그들은 넷이 함께 역 앞을 지나는 고속 열차 선로에 눕는다. 부부가 아이를 하나씩 안고, 그렇게 기차를 기다린다. 단수하러 왔던 남자는 아무것도 신경 쓰지 않는다.

단수 이야기에 덧붙일 게 있다. 사람들은 그 여자가 지능이 모자라다고 말했지만, 그 여자도 한 가지만큼은 확실히 알았다. 지금껏 그래 왔던 것처럼, 누군가가 나타나서 자기 가족을 구해 주리라고 기대할 수 없다는 사실이었다. 모두가 버렸고, 사회가 버렸다. 할 일은 이제 단 하나, 죽는 것뿐이다. 그 사실을 그녀는 알고 있었다. 끔찍하고 심각하고 심오한 현실을 알고 있었다. 그러니까, 그 자살에 비추어 볼 때, 누군가 다시 그녀 이야기를 하게 될 때 그녀의 지능이 모자라다는 사실을 바로잡아야 한다. 그런 일은 일어나지 않을 테지만.

그녀의 기억을 떠올리는 일은 아마도 지금이 마지막이리라. 그녀의 이름을 말하려 했는데, 이름조차 모른다.

사건은 종료되었다.

머릿속에 남은 것은 너무도 더운 여름에, 죽음을 몇 시간 앞두고 아이가 느꼈을 선명하고 서늘한 갈증, 그리고 지능이 모자란 여자가 시간이 될 때까지 기다리며 이리저리 서성거렸을 걸음이다.

피공 조르주

내가 잘 알던 조르주 피공[53]은 서른다섯 살에 감형 혜택을 받았다. 그는 열여덟 살부터 서른다섯 살까지 수감 생활을 했다. 그러니까, 십사 년 칠 개월 동안 감옥에 있었다. 그의 이야기 중에서 내가 영원히 받아들이지 못할 부분이 있다. 바로 그의 최후, 그의 죽음이다. 지금 그 얘기를 하려 한다. 출소 뒤 몇 주 동안 피공은 행복했다. 그런데 한순간 엉망이 되어 버렸다. 어느 날 골치 아픈 문제가 시작되었고, 그가 어디를 가든 따라다녔다. 뭘 해 봐도 소용이 없었다. 죽음도 소용이 없었다. 그 때문에 죽었고, 경찰로 인해 죽었으니 말이다. 피공은 절망 때문에 죽었다. 자신의 수감 생활 이야기가 감옥 밖으로 옮겨지는 순간 아무런 가치가 없다는 사실을, 감옥에 간 적

53 Georges Figon(1926~1966): 열여덟 살 때 범죄에 연루되어 경찰에 총을 쏜 죄로 수감되었다. 1961년에 출소한 뒤 파리에서 배우들, 문인들과 친교를 맺었다. 1965년 파리에 망명 중이던 모로코의 혁명가 벤 바르카의 암살 사건에 다시 연루되었고, 경찰 조사를 앞두고 머리에 총을 맞은 상태로 발견되었다. 죽음의 원인을 두고 논란이 일었지만, 경찰은 자살로 결론 내렸다.

없는 사람들에게 그 이야기를 하는 일이 불가능함을 깨달았기 때문이다. 감옥은 무엇보다 그러한 박탈을 의미함을 깨달았기 때문이다. 피공은 프렌[54]을 나온 뒤 결정적인 고독에 빠졌다. 우리는 몇 시간, 며칠 낮, 며칠 밤 동안 그의 이야기를 들어 주었지만, 흥분이 가라앉고 나면 끝이었다. 그런데 피공에게는 여전히 유령처럼 들러붙어 있는 이야기였다. 피공도 알았다. 왜 그랬을까? 직접 겪은 사람과 이야기로 전해 듣는 사람 사이에 삶을 이루는 공통의 무언가가 없었기 때문이다. 예컨대 일, 직업, 도덕, 정치적 소속 같은 것. 그가 감옥에 대해 책을 썼다면, 그 독자는 아마도 그가 아는 사람들, 같이 감옥에 있던 사람들이었으리라. 자유로운, 아무리 상대적인 자유라 해도 자유로운 삶과 감옥 사이에는 공통점이 없다. 아주 까마득하게라도 닮은 점이 없다. 자는 게 다르고 책을 읽는 게 다르다. 피공한테 행복한 적이 있었다면 그것은 감옥 안에서 사서 일을 할 때, 마치 집을 털 계획을 세우듯 감옥에 관한 책을 구상을 할 때였다. 그는 그 책이 사회를 바꾸리라 생각했다. 피공은 실패했고, 죽었다. 감옥에 대해 아는 바를 다른 사람들에게 전할 수 없어서 죽었다. 그는 감옥에 갇힌 사람들이 하루하루 살아가는 삶에 대해 무척 정확하게 묘사했고, 교도소를 거쳐 간 직원 하나하나를, 판사부터 검사까지 프랑스 법률 기구에 속한 사람들의 이력까지 전부 알았다. 하지만 모두 소용이 없었다. 사실을 그대로 전하고자 하는, 타협 없는 순수한 욕구 역시 작용했을 터다. 그는 사실을 그대로 전하려다가

54 파리 근교의 발드마른 지역에 위치한 도시로, 프랑스에서 두 번째로 큰 프렌(Fresnes) 교도소가 있다.

실제의 진창에 빠져 버렸고, 길을 잃었다. 차라리 다 잊고 새로 지어냈더라면, 실제로 겪은 일에서 자기 자신의 자리를 제거했더라면, 절망에 빠져 죽지는 않을 수 있었으리라. 속임수를 쓰고, 겪은 일을 다시 지어내서 다른 사람들에게 들려주었어야 했다. 자유의 몸이 된 그의 삶은 감옥 속 일상으로의 귀환이었다. 그는 잊는 게 두려웠다. 감옥에서 지내자면 우리 같은 '선량한 사람들'의 경험과는 공통의 척도가 없는, 가혹한 시련의 입문 과정도 있었다. 몇 가지가 기억난다. 사소한 것을 얻어 내는 데에도 소리 지르고 위협을 해야 했고 시간이 걸렸다고 했다. 삼십 년 전이니 감옥에는 텔레비전도 라디오도 없었고, 그나마 힘겹게라도 구할 수 있는 것은 담배뿐이다. 그게 전부였다.

다시 읽어 본 뒤에 고친다. 피공이 오로지 감옥에서만 행복했다는 말에 덧붙여야 한다. 그때의 행복은, 바로 그가 자유의 몸이 되면 얻으리라 기대했던 바로 그 행복이었다. 그의 자유는 프렌 감옥 안에 있었다. 자유의 행복을 주던 감옥이 없어지니 그 행복도 사라졌다. 아마도 늘 그럴 것이다.

바웬사의 아내

나에게 기자는 말을 다루는 일꾼, 말의 노동자다. 기자가 쓴 글은 열정이 동반될 때만 문학이 될 수 있다. 쿠르노의 기사들은 이미 연극에 대한 훌륭한 책이 되었다. 때로 신문에, 특히 재판 관련 기사나 사건 사고를 다루는 사회면에서 예기치 않게 훌륭한 글을 볼 수 있다. 특히 테니스에 관해 잘 쓰는 세르주 다네도 이제 작가라 할 수 있다. 세르주 쥘리 역시 수다스럽게 써낼 때는 작가다. 앙드레 퐁텐도 있다.[55]

언젠가 고다르가 「7 쉬르 7」[56]에 나와서 텔레비전 기자들

55 미셸 쿠르노(Michel Cournot), 세르주 다네(Serge Daney), 세르주 쥘리(Serge July), 앙드레 퐁텐(André Fontaine) 모두 프랑스의 기자들이다. 그중 세르주 다네는 테니스 경기와 선수들에 관한 기사를 모은 『테니스 애호가(L'Amateur de tennis)』(1994)를 출간했고, 세르주 쥘리는 신문 《리베라시옹》의 공동 창간자 중 한 사람이다.

56 1981년부터 1997년까지, 프랑스 TF1에서 방영한 시사 프로그램이다.('7 쉬르 7'는 프랑스어로 '이레 내내', '일주일 내내'라는 뜻이다.)

에 대해 말한 적이 있다. 다들 기억할 터다. 바웬사[57]가 노벨상을 받던 때였다. 폴란드 정부가 바웬사의 스톡홀름행을 막는 바람에 그 아내가 대신 수상식에 갔다. 그 일에 대해 고다르가 텔레비전 기자들에게 말했다. "상 받으러 간 바웬사의 아내는 관심의 중심에 있었습니다. 당신들, 텔레비전 기자들이, 처음으로, 예기치 않게, 아주 아름다운 여인을 텔레비전 화면에 담을 수 있게 된 겁니다. 그런데 당신들은 다가가지 않았습니다. 왜 그랬을까요? 당신들은 이유를 모를 테죠. 내가 말해 보겠습니다. 아마도 이유는 단 하나, 그녀가 아름다웠기 때문입니다." 그리고 덧붙였다. "그녀가 만일 자기를 드러내는 직업인 모델이나 배우였다면 그러지 않았겠죠."

고다르의 말이 맞다.

남편을 대신해서 노벨 평화상을 받으러 간다는 폴란드 여인의 생각은 경이로웠다. 그런데 정작 지겹기 그지없는 일이 되었다. 사람들은 수상식이 진행되는 동안 그녀를 가까이에서 볼 수 있기를 기대했다. 하지만 그런 일은 일어나지 않았다. 정말 이상한 일이다. 방송에서 금지된 초점과 앵글이 있기라도 한 것 같았다. 어차피 실패할 수밖에 없는 방송이라는 듯, 단 한 가지의 원칙, 그러니까 바웬사의 아내가 참석했다는 사실만을 보여 주고 그녀의 아름다움은 절대 보여 주지 말라는 원칙을 지키는 것 같았다.

진짜 뉴스라면 바웬사의 아내를 보여 주어야 했다. 그녀

57 Lech Wałęsa(1943~): 폴란드의 정치가로, 공산당 정부 아래에서 반정부 자유노조를 이끌었다. 1983년에 노벨 평화상을 받았고, 1990년에 폴란드의 2대 대통령으로 선출되었다.

는 바웬사가 사랑한 여자이니까. 그녀는 바웬사 그 이상이다. 모든 것으로, 이른바 전부로 당신들을 안내해 줄 일종의 지도인 셈이다. 그녀는 전체와 분리될 수 없다. 숲이 그곳을 가로질러 죽음을 맞으러 간 사람의 흔적과 분리될 수 없는 것과 마찬가지다. 누군가의 옷 혹은 머리카락 혹은 편지 혹은 동굴에 남은 발자국 혹은 전화선을 따라 흐르는 목소리와 마찬가지다. 진짜 뉴스는 주관적이며 또한 감각적이다. 글로 주어지든 말로 주어지든, 언제나 간접적으로 주어지는 이미지다.

때로 나는 그런 식으로 퇴색한 보도, 편향적인 보도가 가장 좋은 보도라고 생각한다. 최소한 무지를 바로잡고, 보도된 사건을 의심하게 해 주기 때문이다. 바로잡기 위해 다가가고, 그렇게 자신의 것으로 만들 수 있게 된다. 내가 한 이야기, 스톡홀름을 망치고 코닉 포니[58] 같은 바웬사의 아내를 망쳐 버린 텔레비전 일은 그래서 슬프다.

58 유라시아 지역의 멸종된 야생마 '타르판'과 유사한 폴란드의 야생 조랑말.

텔레비전과 죽음

시작은 미셸 푸코의 죽음이었다. 미셸 푸코가 죽었고, 그 이튿날 텔레비전에 방영된 미셸 푸코에 관한 르포에서 콜레주 드 프랑스에서 강의하는 그의 모습이 나왔다. 그런데 푸코의 목소리 대신 멀리서 찌직대는 소리만 들렸다. 콜레주 드 프랑스에서 미셸 푸코가 강연하는 장면이라고 말하는 기자의 목소리가 정작 푸코의 목소리를 덮어 버린 것이다. 얼마 후 오손 웰스가 죽었을 때도 마찬가지였다. 멀리 희미하게 들리는 저 소리가 막 세상을 떠난 오손 웰스의 목소리라고 말하는 분명한 내레이션밖에 들리지 않았다. 명사의 사망 소식을 전할 때마다 그런 방식이 아예 규칙이 되어 버렸다. 고인의 목소리가, 저 목소리는 막 세상을 떠난 누구누구의 목소리라고 말하는 기자의 목소리에 덮여 버린다. 방송국의 책임자 누군가가 그런 식으로 기자와 고인의 목소리를 동시에 내보내면 방송 시간이 일 분이나마 절약되어서 다른 얘기를 좀 더 할 수 있으리라고 생각했을지도 모른다. 스포츠일 수도 있고, 혹은 또 다른 것, 다양한 것들, 재미있고 기분을 편하게 해 주는 다른 것들 말이다.

나는 인질 사건을 보도하는 음울한 미소에서 일기 예보를 전하는 환한 미소로 너무 빨리 넘어가지 말라고 텔레비전 기자들한테 말하고 싶다. 그런데 프랑스에서는 기자들과 접촉할 방도가 없다. 기자들이 그래서는 안 된다. 얼마든지 다르게 할 수 있다. 예를 들어 두 방송 사이에 지극히 평범한 방송 하나를 집어넣으면 된다. 모든 뉴스를 놀라운 사건으로 만들려 해서도 안 된다. 아무리 상사가 요구해도 그래서는 안 된다. 늘 좋은 분위기를 유지해야 하는 의무도 그렇다. 지진이 일어났다든가, 리비아에서 테러가 일어났다든가, 저명한 인사들이 사망했다든가, 자동차 사고가 났다든가 등의 뉴스를 그런 분위기로 전해서는 안 된다. 게다가 너무 빨리 우스운 뉴스로 넘어가는 바람에 당신들은 교통사고 뉴스가 끝나기도 전부터 이미 웃고 있다. 어떻게 버틸 수 있겠는가. 당신들은 밤에 잠을 자지 못한다. 스스로 무슨 이야기를 하는지 알지 못한다. 텔레비전은 온통 재미있는 뉴스뿐인데 당신들은 우울하다.

일반적으로 텔레비전에는 저명인사의 죽음, 노벨상, 국회 의원 선거처럼 일시적인 큰 사건들 외에는 아무 일도 일어나지 않는다. 텔레비전에는 말하는 사람도 없다. 제대로 말하는 사람 말이다. 사소한 일, 그러니까 개가 차에 친 사건 같은 것에서 출발해서 인간의 상상력을 발동시키고 세상을 창의적으로 읽어 내는 재능을 일깨우기. 너무도 많은 사람이 지닌 그런 기이한 재능을 차에 친 개 한 마리로부터 깨워 내기. 텔레비전에서 이야기하는 것은 제대로 된 말이 아니다. 사실 텔레비전을 사고, 그러느라 세금을 내는 우리 고객들은 천만 프랑의 월급을 받는 정부 관리 혹은 기자들이 텔레비전에 나와서 저지르는 말실수와 사고들이 흥미롭다. 예컨대 1984년 파리 도서전 개막식에서 자크 시라크[59]가 자기는 시를 좋아한다고, 시는 짧기 때문이라고, 그래서 비행기를 자주 타는 사람에게 좋다고 했다. 차라리 참사 보도가 방영될 시각을 예고하는 기자가 낫다. 「히로시마 내 사랑」 얘기를 하면서 '알랭 르네와 자클린 뒤발'의 유명한 영화라고 소개한 기자도 있었다.[60] 유명한 배우 마들렌 바로가 연기한 「영국인 연인(L'Amante anglaise)」이라는 말도 들은 적 있다.[61] 방송국에 막 입사한 수줍어하는 젊디젊은 여성 기자였다.

하지만 만일 텔레비전에서 계속 진짜 말을, 역할을 연기하지 않는 사람들이 자기들끼리 시사 뉴스에 대해서 이야기하는 말을 들어야 한다면 그 또한 고역이리라. 뉴스와 현실 사이에 적당한 틈이 없을 테고, 뉴스가 현실에 너무 가까워서 지나치게 사실이 될 테니 말이다. 사람들이 텔레비전 앞에 앉아 있는 까닭은 텔레비전 속 사람들이 거짓말을 할 수밖에 없기 때문이다. 1986년 12월에 놀랍게도 학생들이 거리로 나와서 시위를 하던 때처럼,[62] 우리가 기다리는 바를 정확히 그대

59 Jacques René Chirac(1932~): 프랑스의 정치가로, 1984년에 파리 시장이었다. 미테랑 대통령 재임 말기인 1986~1988년 동안 수상으로서 내각을 이끌었고, 이후 1995년에 22대 프랑스 대통령으로 선출되었다.

60 「히로시마 내 사랑」은 알랭 레네(Alain Resnais)의 영화고, 주인공은 자클린 뒤발(Jacqueline Duval)이다.

61 뒤라스가 1967년에 쓴 희곡으로, 1968년에 T.N.P.에서 상연되었다. 주인공은 장루이 바로의 동반자였던 마들렌 르노였다.

62 1986년 시라크 내각에서 대학 입학 제도를 개혁하는 법안을 추진하자 학생들의 시위가 이어졌다. 당시 내무부 장관이던 샤를 파스쿠아(Charles Pasqua)와 치안 총감 로베르 팡드로(Robert Pandraud)가 강경 진압을 이끌었고, 그 과정

로 이야기하는 기자들이라면, 우리는 그들이 무섭다. 그들을 안아 주고 싶고, 편지를 보내고 싶다. 그때 기자들이 한 일은 시위의 일부였고, 시위와 하나였다. 거의 일어나지 않는 일이 1986년 12월에 프랑스에서 일어났다. 파리 사람 모두가 그 이야기를 했다. 시위에 대한 얘기만큼이나 기자들 이야기를 했다. 파스쿠아와 팡드로가 사냥개를 풀 때까지, 그 신문들은 즐거운 축제였다.

에서 학생 한 명이 사망하면서 법안은 결국 철회되었다.

말로 맞서기

어머니는 공적인 업무를 맡은 사람들, 공무원, 재정 감독관, 토지 감독관, 세관원까지, 한마디로 법이 지켜지도록 하는 임무를 지닌 이들을 모두 무서워했다. 그것은 가난한 사람들이 불치병처럼 품고 사는 두려움이다. 그래서 어머니는 그 사람들 앞에서 항상 죄지은 듯 움츠러들었다. 어머니가 완전히 벗어난 적 없는 두려움이다. 나는 구술시험들을 치르면서 그 두려움에서 벗어났다. 매번 구술시험을 무사히 치르고 나면 우리 가족의 풍토병과 같은 가난을 딛고 한 걸음 앞으로 나아간 기분이 들었다. 말로 맞서기. 말하자면 나를 파멸시키고자 버티고 선 사회의 몸과 나의 몸의 대결. 가수들과 배우들 역시 관객들과 그런 승부를 벌일 것이다. 그들이 노래하는 혹은 말하는 것을 듣기 위해 돈을 내는 사람들은 그들이 살기 위해서 '무찔러야' 하는 적이다. 말을 지배하고 청중을 사로잡는 일은 한 번만 성공하면 그 이후로는 계속 해낼 수 있다. 흔히 당신의 말 혹은 노래를 듣기 위해 모인 사람들을 실망시키지 않는 것이 의무라고 말한다. 사실은 그 이상이다. 그것은, 조금은,

당신을 심판하러 온 사람을 죽이는 일이다.

녹변(綠變)된 스테이크

정말이다, 나는 사람들 마음에 들지 못할까 봐 두려워해 본 적이 없다. 내 주변 사람들은 두려워한다. 남에게 실수할까 봐 두려워한다. 반대로 나는 사람들을 화나게 하고 싶다. 우리가 그들의 처분을 기다리는 게 아님을 알게 해 주고 싶다. 스테이크를 사러 가면 상인들은 고집스레 '좋은 쪽'을, 그러니까 살이 붉은 쪽을 보여 준다. 내가 말한다. "다른 쪽 한번 보여 줘요." 그들이 대꾸한다. "그럼 저기 다른 걸로 보여 줄게요. 같은 덩어리예요." 그러면서 들고 있던 조각은 보이지 않는 곳에 내려놓는다. 언젠가, 기종(氣腫) 증상이 완전히 없어지지 않은 상태로 퇴원한 날이었다. 고기가 먹고 싶어서 얀에게 비프스테이크 한 조각만 사다 달라고 했다. 얀은 상인들에게 아무 말도 하지 못한다. 독이 든 것을 줘도 그냥 받아 올 사람이었다. 그날 얀은 녹변된 스테이크를 가져왔다. 정말 녹색이었다. 나는 스테이크를 들어서 얀에게 보여 주었다. "이걸 주는데 아무 말도 안 한 거야?" 그가 말했다. "난 원래 못 해요." 나는 울었다. 참을 수가 없었다. 내가 말했다. "퇴원하고 첫 식사야. 정말 못 하겠으면 버리고 다시 샀으면 되잖아." 그가 말했다. "그 생각은 못 했어요." 나는 울음을 멈추고, 스테이크를 들어서 쓰레기통에 버렸다. 화를 누르지 못해 새파랗게 질렸다. 스테이크는 녹색이었고, 나의 분노는 파랬다. 얀이 식사를 하러 와서 앉았고, 나는 쓰레기통에서 고기를 꺼내 그의 접시에 놓았다. 얀이 소리를 질렀고, 녹변된 스테이크를 쓰레기통에 다시 넣었다. 그 고기는 식탁에 오르지 않았다.

습관적인 행동 얘기가 나온 김에 말하자면, 나에게는 다른 버릇 하나가 더 있다. 옆자리 사람에게, 특히 비행기에서 꼭 말을 건다. 대답을 들으려 한다. 내 말에 대답을 한다는 것은 상대가 마음을 놓았다는 뜻이고, 그러면 나도 마음을 놓는다. 나는 경치 얘기를 하고, 일반적인 여행에 대해서, 비행기 여행에 대해서 말한다. 기차에서도 나는 그냥 말하고 싶어서 모르는 사람에게 말을 건다. 눈에 보이는 것, 경치, 날씨에 대해 말한다. 말하고 싶다는 생생한, 강렬한 욕망을 나는 자주 느낀다.

비행기에서 옆에 앉은 남자가 내 질문에 대답하지 않은 적이 있었다. 그는 나의 질문에 일절 답하지 않았다. 결국 포기했다. 내가 별로 마음에 들지 않나 보다 생각했다. 그 사람이 나를 알지 못한다는 생각은 들지 않았다. 정말이었다. 그가 가면서 말했다. "안녕히 가세요, 마르그리트 뒤라스." 내 생각이 맞았다. 나와 말하고 싶지 않았던 것이다.

싫으신가요?

일흔 살이 된 여자를 포함하여 작가들, 소설가들이 촉발하는 성적 욕망. 앞에서 말한 이 주제에 대해서 할 얘기가 더 있다. 몇 년, 아마도 이 년 혹은 삼 년 전의 일이다. 어떤 남자가 편지를 보내왔다. “1월 23일 월요일 오전 9시에 나는 당신과 섹스를 하려 합니다.” 미친 사람이라고 생각하고 잊어버렸다. 그런데 1월 23일 오전 9시에 정말로 초인종이 울렸다. 누구냐고 묻자 문밖에서 대답했다. “접니다. 열어 주세요. 편지 보낸 사람입니다.” 내가 말했다. “지금 장난치는 건가요?” 그가 말했다. “싫으신가요?” 내가 말했다. “맞아요, 싫어요.” 그는 더 이상 아무 말도 하지 않았다. 그는 내 문 앞에 드러누웠다. 오전 내내 그러고 있었다. 나는 이웃들에게 전화를 했다. 우리는 서로 도와주는 사이였고, 내가 가끔 곤란한 상황에 처한다는 사실을 그들은 알고 있었다. 그들이 와서 청년에게 말했다. “우린 저 여인을 알아요. 절대 문을 열어 주지 않을 겁니다.” 그러자 그가 매력적인 말을 했다. “여기 있으면 그래도 가까이 있는 거잖아요. 그럼 좋아요.” 나는 오후가 시작될 무렵까지 문밖에 나갈 수 없었다. 그는 인사도 없이 가 버렸다.

다 말하겠다. 만일 나 아닌 다른 누군가가 쓴 『롤 베 스타인』을 내가 쉽게 받아들일 수 있을까? 『부영사』도, 『고통』도, 『대서양의 남자』도. 아마도 쓰기를 그만두었거나 리날디[63]처럼 되었을 것이다. 알 수 없다.

사르트르. 나는 보통 그에 대해 생각하지 않는다. 어쩌다 생각하면 솔제니친과 연결 짓게 된다. 사르트르는 강제 노동 수용소가 없는 나라의 솔제니친이다. 그를 생각하면 자꾸 스스로 세운 사막에서 혼자 있는 모습이 떠오른다. 일종의 유배 상태. 콘래드[64]가 아직 살아 있다면 얼마나 좋을까. 매해 새로운 콘래드가 나온다면 얼마나 큰 행복일까.

그 시절에 내가 사랑한 작가는 프루스트가 아니라 무질이었다. 특히 『특성 없는 남자』의 마지막 권. 오늘, 9월 20일에, 지난 몇 년 동안 내가 열정적으로 읽은 작가를 말해야 한다면, 세갈렌[65]과 무질을 꼽겠다. 하지만 오늘, 9월 20일에, 지난 몇 년 동안 내가 읽은 가장 아름다운 책을 고르라면, 충격적이기까지 했던 마티스의 글을 꼽겠다. 반스 재단 미술관을 위하여 그린 「춤」에 관한 글이었다.(시인 도미니크 푸르카드가 에르만 출

63 Angelo Rinaldi(1940~): 프랑스의 작가이자 문학 비평가. 여러 신문의 문학 전문 기자로 일했다.

64 Joseph Conrad(1857~1924): 폴란드 출신의 영국 소설가. 『암흑의 핵심』, 『로드 짐』 등을 썼다.

65 Victor Segalen(1878~1919): 프랑스의 의사이자 고고학자로, 시인이자 소설가이기도 했다.

판사에서 펴낸 『예술에 관하여』에 실려 있다.) 지금은 르낭[66]의 『예수 그리스도의 생애』를 읽고 있다. 그리고 다시 성경. 그사이에 장 외스타슈의 영화 「엄마와 창녀」에 담긴 경이로운 대화. 내 책은 어렵다. 알고 싶은가? 그렇다, 어렵다. 그리고 쉽다. 『연인』은 아주 어렵다. 『죽음의 병』은 어렵다. 아주 어렵다. 『대서양의 남자』는 아주 어렵다. 하지만 너무 아름다워서 어렵지 않다. 설사 이해하지 못해도, 그렇다. 어차피 그 책들을 이해할 수는 없다. 이해한다는 말은 적합하지 않다. 책과 독자의 사적인 관계다. 함께 슬퍼하고 운다.

66 Ernest Renan(1823~1892): 프랑스의 작가, 역사가, 문헌학자.

푸아시의 감시탑

파리에서 글을 쓰다 보면 바깥이, 외출이 부족해진다. 내가 외출을 못 해서 얼마나 힘든지 주변에서는 아무도 모른다. 바깥에서는 글을 쓸 수 없다. 나에게는 글을 쓸 수 있는 곳만큼이나 쓸 수 없는 곳이 필요하다. 파리에서는 집 밖으로 나가기 힘들다. 혼자는 못 나간다. 불가능하다. 밖에 나가면 오래 걷지도 못한다. 숨을 쉬기 힘들다. 어둡고 사람 없는 로슈누아르의 복도에서는 잘 걷고 숨도 잘 쉰다. 이십 년 전부터, 폐기종이라고 했다. 이따금 그 말을 믿는다. 아니, 대부분 믿는다. 가끔은 믿지 않는다. 아파트 현관문을 나서면 층계참에서 곧바로 증상이 나타난다. 건물 밖은 또 다르다. 면도칼로 잘라낸 하나의 공간 속에 발을 들여놓는 듯하다. 그러니까, 거리 안으로 '들어서는' 것이다. 강렬한 불빛으로 환한 거리, 그것은 바깥이지만 그 안에 갇히고 마는 거대한 우리와 같다. 내 머릿속에서 그곳은 감옥의 감시탑이 환하게 밝히는 지면과 같다. 특히 내가 자주 지나다니는 오래된 푸아시[67] 감옥의 감시탑 조명이 비추는 지면이 그렇다. 그림자 하나 없이 균일한 밝기로 환하게 밝아진 자리, 인간이 살 수 없는 곳. 내 증상이 폐기종 때문이기를 바란다. 차에 타서 문을 닫으면, 비로소 살 수 있다. 무엇으로부터 살아난 걸까? 바로 당신들이다. 나는 당신들을 위해 글을 쓰고, 당신들은 내가 어디를 가든, 거리에서도 나를 알아본다. 그렇게 태양광이 환하게 비추는 공공의 열린 공간, 그 처형장에 들어설 때, 그 공간, 그러니까 도로, 횡단보도, 광장, 도시 같은 공간으로 깊숙이 들어갈 때, 끔찍한 공포가 엄습한다. 도저히 벗어날 수 없다. 사람들은 거리로 내려와 산책하고 구경하고 거닐지만, 나에게는 모두 끝난 일이다. 오래전에, 이미 끝났다. 이제 나는 절대 그들처럼, 그러니까 당신들처럼 할 수 없다. 다행히 나에게는 자동차가 남아 있다. 자동차가 있는 한, 살 수 있다. 차를 몰고 돌아다닐 수만 있다면 센강과 노르망디를 볼 수 있을 테고, 그러면 살 수 있다. 그 이후는 모르겠다. 사람들이 더 이상 나를 차에 태우고 나가 주지 않는다면 어떻게 할지, 아직 모르겠다. 올해 10월에 파리에 갔다가 이튿날 바로 혼자 운전해서 돌아와 버렸다. 사실 내가 힘든 건 운전이 아니라 운전하는 동안 옆에 아무도 없다는 사실이다. 혼자 말할 수도 있겠지만, 오백 킬로미터의 거리를 달리는 동안 한 번도 그러지 못했다. 그러니까, 먼 거리를 혼자 운전하느니 차라리 아파트 안에 갇혀 있는 편이 낫다. 차를 타러 혹은 주차하러 주차장에 내려가는 것도 무척 힘든 일이다. 주차장에만 가면 겁에 질린다. 누군가 날 쳐다보면, 날 알아보면, 나는 더 이상 운전을 하지 못한다. 알코올 때문이다. 끔찍했던 알코올 중독 치료 때문이다. 의사가 말했다. "이따

67 파리 서쪽 근교의 도시. 행정 구역상 노플르샤토와 함께 이블린에 속한다.

금 이미 아시는 상태대로 술에 취한 것처럼 될 겁니다. 저절로 괜찮아집니다." 그거였다.

운전할 때는 마음이 편안하다. 나는 차를 빠르게 잘 몬다.

트루빌에 며칠 지내러 온 아들이 말했다. "또 테이블마다 다 벌여 놨네요." 정말이다. 나와 같이 드라이브를 다닐 사람이 더 이상 없다면, 아파트 안에서 테이블마다 물건을 벌여 놓을 수 없게 된다면, 그때는 어떻게 해야 할지 모르겠다. 그런 순간이 오리라는 사실을 알고 있다. 피할 수 없는 일이다. 아마도 이미 시작되었을 것이다.

트루빌에는 바다가 있다. 밤이나 낮이나, 눈앞에 없으면 머릿속에라도 있다. 파리에서는 바람이 불고 폭풍우가 몰아치는 날에 느껴지는 바다가 전부다. 그게 아니면, 바다 없이 지낸다.

트루빌에서는 늘 같은 풍경 속에 있다.

늘 언덕들 너머 멀리까지 넓은 허공이 펼쳐져 있다. 언덕이 있는 곳은 하늘이 더 깊고, 더 환하고, 소리도 더 잘 울린다. 정말이다. 시내 쪽보다 물가에서, 해변에서 갈매기 울음소리가 더 크게 들린다.

트루빌에서는 삶을 견뎌 낼 수 있다. 파리에서는 불가능하다. 정말이다. 해낼 수 없다. 위협적인 공간들, 열려 있는 거리들, 그리고 내 집의 벨을 누르는 사람들 때문이다. 멀리서, 독일에서, 그렇다, 독일이 많다. 날 보려고 찾아온 사람들.

"무슨 일이죠?"

"뒤라스 씨를 만나러 왔습니다."

그 사람들은 나와 함께, 나에 대해 말하고 싶어 한다. 내 시간이 자기들 소유인 양, 자기들과 함께 나에 대해 이야기하는 일이 나의 의무이기라도 한 양. 그 사람들은 바로 당신이다. 내가 사랑하는 이들. 내가 글을 쓰는 이유인 이들.

바로 당신들이 나를 무섭게 한다. 나는 당신들이 강도보다 더 무섭다.

그랑드 블루

요즈음 내가 사는 거리에서는 19세기에 세워진 인쇄소를 허무는 중이다. 《주르날 오피시엘(Journal Officiel)》[68]을 찍어 내던 곳이다. 건물 전면은 역사 기념물로 지정되어 있기 때문에 내벽들만 부수고 있다. 유감스럽지만, 이 책 안에서도 요란한 소리가 울릴 것이다. 벽을 찍어 내는 곡괭이 소리, 특히 육중한 돌덩이로 종을 치듯 내벽을 때려 부수는 소리, 그리고 쇠줄에 묶인 돌덩이로 벽을 치기 전에 사람들을 전부 내보내는 아랍인 인부들의 고함 소리. 별 세 개짜리 호텔이 들어선다고 한다. 이름이 안 어울린다. 라티튀드.[69] 지중해 바다에 떠 있기라도 한 것처럼. 인쇄소에서 일하던 식자공들은 모두 떠났다. 매일 아침, 의회의 특별 회기 동안에는 밤중까지 돌아가던 커다란 윤전기의 강하면서도 부드러운 소리를 이제는 더 들을 수 없다. 두 층을 증축한다고 한다. 이전 인쇄소는 내 아파

68 프랑스 정부에서 발행하는 관보.

69 프랑스어로 '위도(緯度)'를 뜻한다.

트보다 낮았다. 3층 높이였다. 그래서 얀의 방에서 건물 안뜰 쪽으로 난 창문으로 생제르맹데프레 종탑의 시계가 보였는데, 이제는 끝났다. 1986년 12월 18일 금요일 11시 55분을 기해서 시멘트 블록으로 된 벽이 창밖 풍경을 가려 버렸다. 호텔은 생브누아 거리와 보나파르트 거리가 만나는 구역의 절반을 차지한다. 전면의 양식은 브로드웨이 다운타운의 백화점을 연상시킨다. 세로 홈이 파인 청동 기둥들이 있고, 멋진 천사들도 있다. 개업은 1987년이다. 방이 전부 삼백 개라고 한다. 별 세 개짜리 호텔. 호텔의 이름은 라티튀드다. 차라리 '그랑드 블루'[70]가 낫지 않은가. 부동산 개발업자가 교양이 부족하다는 사실을 알 수 있다. 파리 6구 한복판에 호텔을 지으면서 랑그독[71]에나 있을 법한 요란스러운 값싼 호텔의 이름을 붙여 놓다니. 부이그[72]가 한 일이다. 발음도 잘 안 되고, 의미도 없다. 의미가 있다고 생각하겠지만, 그렇지 않다. 부이그는 오십 년 동안 여기저기에 시멘트를 들이붓더니 갑자기 호텔을 짓겠다고 나섰다. 한심한 부이그.

70 '넓고 푸른'이라는 뜻의 프랑스어로, 지중해 바다를 가리키는 말이다. '그랑드 블루(Grande Bleue)'는 여성형이고, 남성형인 '그랑 블루(Grand Bleu)'는 대서양 바다를 가리킨다.

71 지중해에 면한 남프랑스와 툴루즈를 중심으로 하는 서쪽 지방.

72 Francis Bouygues(1922~1993): 프랑스의 기업가로, 건설업에서 출발하여 통신, 미디어 기업까지 거느린 '부이그 그룹'의 설립자다.

파리

이곳에는 바다가 있어서 도시처럼 숨 막히고 짓눌리지 않는다. 이곳에서 보면 파리는 실패작이고, 받아들일 수 없는 도시다. 파리는 죽음을 사고파는, 마약과 섹스를 사고파는 곳이다. 늙은 여자도 죽이는 곳이다. 흑인들의 숙소를 공격한 방화 사건이 이 년 동안 여섯 차례나 일어난 곳이다. 운전 예절을 배우지 못한 자들이 욕을 해 가며 거칠게 차를 몰고 다니고 차로 사람을 죽이는 곳이다. 마약으로 돈을 번 신흥 부자들, 죽음의 CEO들. 그들이 볼보와 BMW로 돌아다닌다. 이전에 볼보와 BMW는 영향력을 감추는 우아함을 지닌 사람들의 차였다. 우아한 구두, 우아한 향수, 누구에게나 공손하게 말하는 목소리와 어법을 갖춘 사람들. 말하자면, 은근함으로 멋을 내는 사람들이었다. 이제 사람들은 더 이상 그 두 상표의 자동차에 끌리지 않는다. 파리는 이제 낯선 도시가 되었다. 파리에서는 헤매게 된다. 파리는 범죄를 보호해 주고, 범죄의 흔적을 지우고, 범죄를 빨아들이는 가장 확실한 장소가 되었다. 파리는 천이백만 명으로 이루어진 거대한 미립자다. 그저께 조르주 베스[73]에게 일어난 범죄는 인간들이 시멘트 벽이 되어 범죄를 지켜 주는 파리에서만 가능한 일이다. 그 벽은 바로 파리의 무질서다. 그 무질서가 파리를 둘러싼 교외 지역을 마치 고리를 끼워 나가듯 연결해 준다. 지난 이십 년 동안 일어난 일이다. 고속 도로가 무질서를 뚫고 가며 교외의 도시들을 이어주고, 국제공항들이 있는 곳까지 뻗어 나간다. 이제 교외 지역은 교통 지도도 없다. 아예 만들 수 없다. 끝났다. 중요한 간선 도로들을 제외하면 이미 포기한 일이다. 파리의 숲들도 악명이 높아졌다. 불로뉴 숲은 밤이면 경찰과 창녀의 세상이 되고 낮에는 마약상 소굴이다. 그렇다면 우리들, 그러니까 '선량한 사람들'에게는 무엇이 남았는가? 이방인들을 제일 불친절하게 맞이하는 곳도 파리다. 음식마저도 프랑스 전역에서 가장 엉망이다. 전 세계 지성인들이 찾던 곳, 프랑스 문화의 아름다움을 간직한 교두보였던 파리 6구도 이제는 형편없는 음식으로 악명을 떨친다. 6구는 이제 다른 관광지와 다를 바 없이 대량 생산된 음식을 내어놓는다. '립'과 '르프티 생브누아' 같은 극소수의 레스토랑만이 예외다. 아시아 식당들, 판박이처럼 똑같은 그곳의 음식은 말할 것도 없다. 아무 말도, 정말 아무 말도 하지 말자. 아시아의 작은 고양이들, 가련한 짐승들. 아무 말도 하지 말자. 파리는 개가 가장 많은 도시다. 하지만 개는 크게 문제가 되지 않는다. 우리가 개를 먹지는 않으니까 말이다. 이 도시에 무슨 일이 일어난 게 분명하다. 도대체

73 Georges Besse(1927~1986): 프랑스의 사업가로, 1985년부터 르노 자동차를 경영했다. 경영 정상화를 위해 대량 해고 등을 시도하다가 분노한 극좌 테러리즘 단체 '악시옹 디렉트'에 의해 암살당했다.

무슨 일일까? 자동차 때문일까? 그럴 수도 있다. 아니면, 이미 몇 세대 전부터 엉망이 된 학교 교육의 결과가 생활에 나타난 걸까? 공부를 안 하고, 그래서 점점 더 이해하지 못하고, 너무 심해져서 정말 아무것도 이해하지 못하고, 결국 살아가는 방법도 알지 못하게 된 것이다. 그러니 제대로 살 수 없었다. 그리고 이제 도망친다. 우리는 학교를, 어느 수준의 학교든 믿지 않았다. 잘못 행동했다. 교육과 예절과 섬세함과 정신을 모두 잃어버렸고, 이제 돈벌이 기술만 남았다.

십 년 전만 해도 파리 교외에는 천이백만 명 정도가 살았다. 공식적인 수치를 확인하지 않은 지 오래되었지만, 어차피 파리 교외의 인구는 정확히 조사하기 불가능하다. 정상적인 주거 인구가 아닌, 숨어서 살아가는 유동 인구가 많기 때문이다. 마약, 절도, 폭력의 주범인 그 인구가 지방 도시 하나의 규모에 이르리라. 최근에 제대로 된 직업, 일자리, 주소, 가족, 적법한 신분증, 그야말로 아무것도 없는 사람들의 수가 최대에 다다랐지만, 나서서 그들을 책임지려는 사람은 아무도 없다. 그들의 전과에 대한 두려움 때문이다. 이제 그들은 멕시코의 어린아이들처럼 버려졌고, 구제 불능 상태가 되었다. 마켓에서 훔치는 음식물 외에는 먹을 게 없고 옷과 신발 역시 훔치는 수밖에 없다. 커피와 담배는 서로 얻어 마시고 얻어 피운다. 이미 다른 누구와도 다른, 자기들만의 피부색을 갖고 있다. 어디에서 왔는지 인종적 구성을 알 수 없는 혼혈 피부색이고, 검은 곱슬머리에 눈도 검다. 키가 크고 잘생겼다. 그들은 (『푸른 눈』에서 이미 말한) 다가올 대량 실업의 선봉대이다. 그들이 있다. 흐르지 않는 물처럼 고여 있다. 아무것도 하지 않고, 그저 살아 있고, 그저 바라본다. 다르티[74]에, 지하철역에, 기차역에, 크레테유 솔레유[75]에 우두커니 있다.

파리는 더 이상 움직이지 않는다. 더 이상 정상적인 속도로 흐르지 못한다. 파리의 의미는 더 이상 예전 같지 않다. 흔히 수도에 가면 찾을 수 있다고 믿는 의미, 즉 건축술과 글쓰기 기술, 그림 그리는 기술부터 정치 기술까지 모든 지식의 정수로 만들어지는 의미에 가까워지기 위해서 사람들은 파리로 온다. 파리 교외의 주민을 아무나 붙잡고 물어보라. 이렇게 대답할 것이다. "예전에는 샤르트르,[76] 랑부예쯤에서 살았는데, 점점 지루해지길래, 좀 더, 뭐랄까, 아무튼 가까워지려고 파리로 왔어요." 이유는 그게 다다. 무엇과 가까워지는지는 말하지 못한다. 말하지 못하고, 대부분의 경우 이유도 잘 알지 못하더라도 아마도 그게 바로 모든 삶의 의미에 가장 가까이 다가간 상태이리라. 사람들은 자신의 삶에 소속감을 부여하기 위해, 거의 신화적인 사회적 순응의 의미를 부여하기 위해 파리로, 수도로 올라온다. 북쪽으로 파리의 경계를 벗어나면, 곧 생드니에서 쿠르뇌브를 거쳐 사르셀에 이르는 으스스한 지역이 나온다. 남쪽으로 가면 넓은 베르사유 궁전 덕분에 숲과 한가하게 달릴 수 있는 도로들과 마을 광장을 더 빨리 만날 수 있다. 그래도 중요한 것은 파리다.

74 가전제품을 판매하는 대형 매장.

75 1974년 파리 동남부 교외 지역인 크레테유에 세워진 대형 복합 쇼핑몰.('솔레유'는 프랑스어로 '태양'을 뜻한다.)

76 파리에서 남쪽으로 백 킬로미터쯤 떨어져 있는 도시.

여름의 일요일이든, 거리와 도로가 다시 황량해지는 겨울밤이든, 파리가 사계절 내내 얼마나 아름다운지 제대로 말할 수 있는 사람이 있을까. 곳곳에 환하게 열린 공간들을 품은 놀랍도록 화려한 도시, 세상 어디에도 파리처럼 지어진 도시는 없다. 파리의 한 구역만으로도 유적 분포에 있어서 베르사유와 겨룰 수 있다. 센강은 특히 여름에 절정의 아름다움을 과시한다. 강변의 무성한 녹음과 공원이 있고, 강에서 시작되는 혹은 강을 따라 이어지는 넓은 가로수 길들이 있고, 사방에서, 에투알과 몽파르나스와 몽마르트르와 벨빌에서 강을 내려다보는 완만한 언덕들이 있다. 파리에서 평지는 루브르와 콩코르드 그리고 센강의 섬들뿐이다.

붉은 소파

1942년 4월에 이 아파트에 처음 들어왔다. 지금은 1987년 2월이다. 내가 여기 산 지 거의 사십오 년째다. 그 긴 세월 동안 다섯 개의 방 중에서 세 곳에서 잠을 자 보았다. 아들이 어렸을 때 조금 더 넓게 지내게 해 주려고 지금 내가 쓰는 방을 내준 적도 있다. 어느 날, 건물 안뜰 쪽으로 창이 난, 전쟁 동안 배급표와 바꿔 온 탄(炭)을 보관했던 방에서 뭔가를 찾았다. 환한 대낮이었고, 나 혼자 있었다. 바닥 마루 위에 곧바로 설치한 벽장의 바닥이었다. 널빤지의 이음새 부분이 떨어져서 다시 붙여도 자꾸 한쪽이 떨어져 나왔다. 어느 날 그 아래에서 진짜 대모갑으로 만든 머리핀과 석회처럼 하얀 뼈로 만든 머릿니 빗을 찾았다. 어찌나 촘촘한지 흡사 아마천의 씨실 같은 살들 사이에 아주 작은, 서캐 혹은 이처럼 보이는 게 끼어 있었다. 그 빗 외에는, 생브누아 거리의 이 아파트는 처음 모습 그대로다. 사십이 년 동안 단 한 번, 보름 정도 달라진 적이 있었다.(내가 알코올 중독 치료를 받고 나온 때였다.77) 가운데 축을 중심으로 좌우가 바뀌어 버린 것이다. 창문들이 자리를 옮겼고, 벽들도 방향을 바꾸었다. 내가 살던 아파트가 아니었다. 아니 정확히는, 같기는 한데 회전해서 좌우가 바뀌어 버렸다. 그런데 놀랍게도 환각 속에서 창문과 벽들의 자리가 바뀌는 데도 나름의 논리가, 수학적인 엄정성이 있었다. 같은 모양으로 좌우만 바뀌어서, 모든 것이 정확히 같은 각도만큼 이동했다. 아주 작은 것 하나도 너무 많이 이동하거나 반대로 너무 조금 이동하지도 않았다. 빠트린 것도 소홀히 한 것도 없었다. 마치 건축가의 설계 도면처럼 사소한 차이조차 정확하게 반영되어 있었다. 심지어 욕실 안쪽의 두 벽이 이루는 직각도 아주 살짝 예각이 되어 있었다. 그런 현상은 집 바깥에서도 그대로였다. 건물 안뜰 쪽으로 난 창문 밖 모습도 자리가 완전히 바뀌어 있었다. 그런데 창밖의 허공이 어디인지 알 수 없었다. 지붕을 따라 테라스들이 이어져 있었다.

가구도 못 보던 것들로 바뀌었다. 과거에, 오래전에 쓰던 물건인데 잊고 있던 것도 있고 처음 보는 것도 있었다. 마찬가지로, 한 번도 만난 적 없는 사람들이 나타나서 자기들이 내 아파트를 샀다고 했다. 젤라바[78]를 입은 유대인 상인들이었다. 그들은 붉은 소파에 앉아 있었다. 실제로 있던 소파였다. 자리만 옮겨 놓았다. 아마 더 나은 자리를 찾아 벽난로 앞으로 옮겼을 것이다.

모든 환각이 한꺼번에 사라지지는 않았다. 그 붉은 소파가 제일 먼저 사라졌다. 원래 내 친구 조르제트 드 코르미가

77 1982년에 알코올 중독 치료를 받는 동안 뒤라스는 금단 증상과 함께 격심한 환각에 시달렸고, 퇴원 후에도 한동안 환각 증세가 이어졌다.

78 아랍권에서 입는 두건 달린 남성용 긴 옷.

전쟁 동안 우리 집에 맡겨 놓았던 물건이다. 액상프로방스에 사는 그녀가 1950년과 1955년 사이에 다시 찾아갔다.

둥근 돌

가운데 선이 그어진 삼각형이 새겨져 있고 잘 다듬어진 둥근 돌 하나가 있었다. 지하실 벽을 수리하러 왔던 포르투갈 인부들이 쓰레기통 위에 놓고 간 것이다. 나중에 들은 얘기로는, 혹시 관심 있는 사람이 있으면 가져가라고 일부러 놓고 갔다고 했다. 나는 그 돌을 가져와서 부엌 테이블에 놓았다. 그런데 문득 돌이 하나 더 있었던 것 같아서 다시 지하실로 내려가 보았다. 정말로 둥근 돌이 하나 더 있었다. 처음 것보다 더 정교하게 다듬은 두 번째 돌은 가운데에 분명 수작업으로 뚫었을 구멍이 하나 있고, 옆면에도 역시 수작업으로 만들어 놓은 구멍이 하나 더 있었다. 옆면의 구멍 속으로 길고 가는 통로가 파인 것이, 원래는 그 안에 끼워서 구멍을 막는 나무로 된 도구가 같이 있었던 듯했다. 처음 가져온 돌은 서명을 표시할 자리에 윤을 낸 것 빼고는 원래 형태 그대로였다. 두 번째 돌은 애초의 윤곽과 전혀 다르게 깎여 있었다. 깎아 놓은 두 번째 돌의 굴곡이 첫 번째 돌과 정확히 맞았다. 두 돌을 맞물려 함께 돌릴 수 있었다. 그날 나는 밤새도록 그 돌들을 쳐다

보았다. 두 개의 돌은 센강의 강둑까지 이어지는 생로랑 수도원 지하실에 있던 것이다. 미셸 레리스[79]에게 보여 주었다. 그 역시 용도를 알지 못했다. 아마도 곡식 알갱이나 식물 열매를 으깨서 짜낸 기름이 옆면 구멍으로 나오도록 만들어진 듯한데, 확실히는 모르겠다고 했다. 문득 전염병이 떠올라서, 혹시 모를 경우에 대비해 그 돌들을 여러 번 씻었다.

79 Michel Leiris(1901~1990): 프랑스의 작가이자 민속학자. 자전적 소설 『성년(L'Âge d'homme)』, 『경기의 규칙(La Règle du jeu)』 등을 썼다.

서랍장

6구의 고가구 상점에서 루이 15세 시대에 농촌에서 쓰던 서랍장을 샀다. 내가 서른다섯에서 마흔다섯 살 사이였을 때, 아마도 『태평양을 막는 방파제』의 인세를 받았을 무렵이었다. 아무튼 그러고 나서 십 년쯤 지났고, 밤이었다. 그날 밤에 옷 정리를 했다. 이유는 알 수 없지만, 여자들이 자주 하는 일이다. 나는 서랍을 완전히 빼내서 바닥에 내려놓았다. 그때 서랍장 본체와 서랍 사이에 뭔가 끼어 있는 게 보였다. 꺼내 보니 원래 흰색이던 것이 노랗게 변하고 반질반질해지도록 닳은 옷이었다. 분홍색 얼룩이 있고, 구겨진 종이처럼 되어 있었다. 어깨끈이 달린, 가슴을 가리는 여자 속옷이었다. 목에 주름이 잡혀 있고 작은 레이스도 달려 있었다. 옷감은 한랭사였다. 이 서랍장이 첫 주인의 소유일 때부터 그렇게 끼어 있었으리라. 이사를 갈 때도 서랍은 빼내지 않고 옮긴 모양이다. "1720년!" 내가 외쳤다. 분홍색 얼룩은 월경이 끝날 즈음의 맑은 생리혈 같았다. 아마도 빨고 나서 이 서랍장에 넣어 두었을 터다. 일 년에 한 번 대대적으로 빨래를 할 때에야 겨우 지워질 그 분홍색 얼룩만 제외하면 옷은 완벽하게 깨끗했다. 핏자국이 세탁 뒤 분홍색 얼룩으로 남았다. 왁스 칠을 한 나무 냄새도 배어 있었다. 서랍에 옷을 너무 많이 넣은 탓에 아마도 제일 위에 놓인 것이 뒤로 미끄러져서 서랍장 본체와 서랍 사이에 끼어 버렸고, 결국 완전히 뒤로 넘어가서 그동안 보이지 않는 곳에 버려져 있었을 터다. 두 세기 동안, 그렇게 있었다. 한 달 한 달, 한 해 한 해 켜켜이 쌓여 가는 동안, 낡아 가는 만큼, 자수 장식만큼 아름답게 저절로 손질되었다. 서랍장 안에 끼어 있는 옷의 정체를 알고 나서 제일 먼저 든 생각이 있다. "여기 있는 줄 모르고 얼마나 찾았을까?" 옷의 주인은 며칠 동안 생각하고 또 생각했을 것이다. 어디로 없어졌는지 알지 못하는 채로.

시간을 허비하기

내 나이만큼 젊음에서 멀어지면, 여자가 자기 시간을 써서 하는 일들이 신비스럽다. 무척 무섭고 무척 신비스럽다. 각자의 경우가 늘 최악의 경우다. 아이가 있는 여자들만이 삶을 온전히 쓴다. 아이가 바로 그 여자들의 확신이다. 그녀들은 아이의 요구, 아이의 몸, 아이의 아름다움, 아이에게 쏟아부어야 할 정성과 사랑 때문에 다른 여유가 없다. 아이 하나하나가 온전한 사랑을 요구하고, 그 사랑이 없으면 살지 못한다. 아이와 함께 있는 여자만이 우리가 실망하지 않을 수 있는 모습이다. 그 외에는, 서로 떨어져 있는 당신들과 그런 당신들한테서 또 떨어져 있는 나에게는, 그 어떤 삶도 의미가 없고 존재 이유도 없다. 모든 삶은 답을 구할 수 없는 문제다. 건물마다 수직으로 차곡차곡 들어가 사는 사람들, 어떻게 그게 가능할까, 생각하면서 그 일원이 된다.

시간을 채우려면, 시간을 허비하면 된다.

성당, 공공장소, 다르티, 포럼데알[79] 앞에 죽치고 서서 기다리는 젊은이들이 파리 변두리의 거대한 임대 아파트에서

층층이 포개져 살아가는, 계속 살아 있기 위해서 일하러 가느라 겨울밤의 자명종 소리에 깨어나는 노동자들보다 보기 덜 괴롭다.

80 파리 중심부에 있는 쇼핑센터.

「인디아 송」의 굴뚝들

언젠가 많이 늙으면 더 이상 글을 쓸 수 없을 것이다. 나에게는 비현실적인, 있을 수 없는 일이다. 터무니없는 일.

마침내 그때가 왔다고, 더 이상 글을 쓰지 못하리라고 생각한 때가 있었다. 알코올 중독 치료 중이었다. 분명하게 기억난다. 오피탈 아메리캥에서였다. 나는 창문 앞에 서 있고, 얀이 나를 부축했다. 창밖으로 정면에 붉은 지붕들이 보이고, 굴뚝에서 파란 눈의 금발 여자가 나왔다. 그리고 그녀의 남편, 「인디아 송」의 선장이 넋 나간 표정으로 하늘을 올려다보면서 다른 굴뚝에서 나왔다. 나는 갑자기 울음을 터뜨렸다. 너무도 분명한 느낌이었다. 얀에게 말했다. 다시는 글을 쓸 수 없을 거라고, 다 끝났다고. 진심이었다. 너무도 고통스러웠고, 그때의 고통이 아직 기억난다. 굴뚝의 환영들은 사라지지 않았다. 오히려 그들이 나의 고통을 지켜보았다.

퇴원하자마자 수첩에 무언가 써 보려고 했다. 지금 내가 말하는 '쓴다'는 것은 정녕 육체적으로 쓰는 일, 그러니까 펜을 들고 쓰는 행위다. 처음에는 아예 아무것도 쓸 수 없었다.

조금 지나니 가능해졌다. 그때 일시적으로 나타난 글씨체, 노플 집의 계단을 높이느라 바닥을 파낼 때 나타난 구멍과도 같던 그 새로운 글씨체는 어디서 왔을까? 다섯 살 아이가 쓴 것처럼 비뚤비뚤하고 지저분한 글씨였다. 범죄자의 글씨.

나는 지금 내가 쓰고 있고 당신한테 말하고 있는 것과 같은, 그런 책을 써 보고 싶다. 내 바깥으로 나오는 낱말들이 거의 느껴지지 않는다. 겉으로 보면, 어느 말에나 들어 있는 사소한 의미 말고는 아무것도 말해지지 않는다.

살면서 우리는 어떤 것이 있을 때에는 알지 못한다. 자꾸 놓친다. 당신이 언젠가 말한 대로, 삶이 마치 더빙된 영화 같을 때가 많다. 내가 느끼는 삶이 그렇다. 내 삶은 더빙된, 서툴게 편집된, 연기가 엉망인, 소리와 영상이 맞지 않는 영화다. 한마디로 엉망진창이다. 범죄 영화이면서 살인 사건도 형사도 피해자도 등장하지 않는, 주제도 없고 아무것도 없는 영화. 진짜로 그런 영화가 있을 수도 있으리라. 아니, 그건 말이 안 된다. 그렇지 않으려면 어떻게 해야 하는지, 와서 보기를. 무대에 오른 내가 아무 말 없이, 움직이지도 않고, 특별히 어떤 것을 생각하지도 않는 채로, 그냥 내 모습을 보여 준다. 바로 그거다.

자신이 겪은 일에서 가르침을 끌어내는 일은 나이가 들어서야 가능하다. 두고 보라. 감히 말하건대, 한 남자와 함께 있으면서 행복하다고 느끼는 감정이 필연적으로 그 사람에 대한 사랑을 증명하지는 않음을 우리는 나중에서야 깨닫는다. 그런 사랑의 증거를 나는 그만큼 격렬하지 않은, 쉽게 떠올려지지 않는 기억 속에서 발견한다. 내가 가장 심하게 배신한 남자들, 나는 그들을 가장 사랑했다.

이따금, 혹은 아주 자주, 대부분의 경우에 일어나는 사랑의 희극이 있다. 거의 모든 커플에게 해당한다. 그에 대해서도 생각이 많이 바뀌었다. 사람들이 함께하는 이유는 대부분 그러면 덜 무섭기 때문이고, 혹은 한 사람의 월급보다는 두 사람의 월급으로 더 잘살 수 있기 때문이고, 혹은 아이들이 있기 때문이다. 그게 아니라면, 분명하게 말할 수는 없지만, 설사 비합리적일지언정 어쨌든 한 가지 선택이 있었고, 말할 수 없는, 최소한 말하기 어려운 일이라 해도 어쨌든 분명하게 입장을 정했기 때문이다. 그들은 이렇게 말한다. "당신은 이해하지 못할 거예요." "나도 내가 왜 계속 이러고 있는지 모르겠어요. 하지만 어쩔 수 없어요." 그들은 서로 사랑하는 사이가 아니지만, 그들 사이에 있는 것은 이미 사랑이다. 실용적인 혹은 편의상의 이유들로 누군가를 사랑하는 게 이미 사랑이다. 대부분의 경우 사랑한다고 고백하지는 않을 테고, 아마도 깨닫지조차 못하리라. 하지만 이미 사랑이다. 그런 부류의 사랑은 죽을 때에야 고백하게 된다. 지켜보기 끔찍한 커플들도 있다. 남자는 거칠고 상스럽고, 여자는 만나는 사람한테마다 삶이 지옥 같다고 말한다. 그런 커플에 대해서 잘못 생각하기 쉽다. 베르나르 피보[81]가 무엇이 날 중국인 연인 곁에 머물게 했는지 물었을 때, 나는 '돈'이라고 대답했다. 응접실과 다름없이 안락했던 자동차도 있다. 또 운전수. 차와 운전수를 내가 마음대로 쓴다는 것. 그가 입은 실크 옷에서, 그의 살갗에서 풍기

81 Bernard Pivot(1935~): 프랑스의 작가, 기자. 텔레비전 채널 앙텐 2의 좌담 프로그램 「아포스트로프(Apostrophes)」를 오랫동안 진행했다. 뒤라스는 『연인』을 출간한 뒤, 1984년에 「아포스트로프」에 출연했다.

는 성적인 냄새. 그 정도면 사랑이 시작될 수 있다. 나는 그를 떠난 뒤에 그를 사랑했다. 정확하게는, 그 청년의 자살, 바다에 몸을 던진 청년[82]의 이야기를 들었을 때였다. 그때, 아마도 그 배에서 알게 되었다. 사랑은 항상 또 하나의 사랑과 같이한다. 한쪽만 사랑하는 일은 불가능하다. 그런 사랑은 없다. 혼자서 견디는 절망적인 사랑은 없다. 그가 나를 너무도 사랑했기에 나는 그를 그렇게 사랑해야 했다. 그가 나를 너무도 갈망했기에 나는 그를 그렇게 갈망해야 했다. 상대가 좋아하지 않는데, 지겨워하는데, 그런데 사랑할 수는 없다. 절대, 그럴 수 없다. 나는 그게 가능하다고 믿지 않는다.

82 『연인』에 등장하는 사건으로, 선상 일등실 바에서 카드를 치던 한 청년이 갑자기 바다로 몸을 던진다.

「나비르 나이트」의 목소리

「나비르 나이트(Le Navire Night)」[83]에서는 욕망도 감정도 목소리가 다 한다. 목소리는 몸이 있는 것 이상하다. 그것은 얼굴, 시선, 미소다. 진정한 편지가 마음을 흔드는 까닭은 그것이 말해졌기 때문이다. 말해진 목소리로 쓰였기 때문이다. 나는 쓴 사람을 사랑하게 하는 편지를 받아 보았다. 물론 답장은 할 수 없었다.

얀에게는 답장을 했다. 캉[84]에서 「인디아 송」을 상영할 때 그를 처음 보았다. 영화가 끝나고 다 같이 카페로 갔다. 나는 처음 얀에게 「인디아 송」을 쓴 사람, 안마리 스트레테르로 하여금 인도에서의 권태에 대해 말하게 한 사람이었다. 마이클 리처드슨,[85] 롤 베 스타인, 거지 여인…… 얀에게는 트루빌

83 1978년 뒤라스가 연출한 영화. 파리에서 밤마다 익명의 전화선으로 대화를 주고받는 사람들의 이야기다.

84 프랑스 노르망디 지방의 도시.

85 『롤 베 스타인의 환희』에 등장하는 인물로, 무도회 때 만난 안마리 스트레테르에게 반해 약혼녀 롤 베 스타인을 떠난다. 『부영사』와 영화 「인디아 송」에서는

로 오게 한 그들 모두가 애초부터 나였다. 얀은 그들 이야기를 읽으며 말하자면 마법에 사로잡혔고, 나에게 편지를 썼다. 나는 다른 사람들에게 그랬듯이 답장하지 않았다. 그러나 어느 날 답장을 했다. 그날이 분명하게 기억난다. 그때 나에게는 단 한 가지 욕망뿐이었다. 캉의 대학생에게 편지를 써서, 아직까지 살아 있음이 나에게 얼마나 힘겨운 일인지 말할 것. 내가 술을 많이 마신다고, 그 때문에 입원했었다고, 나도 내가 왜 그렇게까지 많이 마시는지 모르겠다는 말도 썼다.

1980년 1월이었다. 나는 일흔 살이었다. 그 일이 일어났을 때 당신, 제롬 보주르도 같이 있었다. 혈압이 굉장히 높았고, 그 전에 항우울제를 처방받았다. 의사에게 알코올 중독 얘기는 하지 않았다. 결국 사흘 동안 하루에 몇 번씩 정신을 잃었다. 한밤중에 생제르맹앙레[86]의 병원으로 실려 갔다. 그리고 병원에서 돌아와서는 얀에게 편지를 썼다. 나는 그를 알지 못했지만, 그동안 그가 보내온, 내가 보관하고 있던 아름다운 편지들 때문이었다. 그리고 일곱 달이 지난 뒤, 어느 날, 그의 전화를 받았다. 그는 나에게 와도 되느냐고 물었다. 여름이었다. 그 목소리만으로도 나는 그것이 말도 안 되는 일임을 알았다. 나는 오라고 했다. 그는 하던 일을 그만두었고, 집을 떠났다. 그리고 이곳에 머물렀다. 지금이 여섯 해째다.

안마리 스트레테르의 정부로 나온다.

86 노플르샤토가 있는 이블린 지역의 도시.

밤에 먹기

트루빌에서 나는 그를 위해 요구르트, 치즈, 버터를 사 온다. 밤늦게 들어와서 바로 찾기 때문이다. 그는 나를 위해 내가 좋아하는 브리오슈 빵과 과일 같은 것을 사 온다. 나를 기쁘게 해 주기 위해서가 아니라, 나를 먹이기 위해서다. 마치 어린애처럼 그는 내가 죽을까 봐 자꾸 뭔가를 먹이고 싶어 한다. 그러면서도 내가 살찌는 것은 싫어한다. 두 가지 바람을 조화시키기 어렵다. 나 역시 그가 죽는 게 싫다. 그것이 우리의 애정이다. 우리의 사랑이다. 저녁에, 밤에, 우리는 무슨 얘기든지 다 털어놓는다. 그런 밤의 대화에서 우리는 진실을 말한다. 아무리 끔찍한 것이라도 그대로 말한다. 그리고 전에 같이 술을 마실 수 있었을 때, 오후에만 그런 대화를 나눌 수 있었을 때, 그때처럼 웃는다.

1982년 10월

몇 달 동안 아침에 일어나서 커피 대신 위스키나 포도주를 마셨다. 마시고 나면 토할 때가 많았다. 알코올 중독자들에게 아침이면 흔히 나타나는 하수체성 구토였다. 그렇게 포도주를 토했고, 그러고 나면 다시 마셨다. 다시 마실 때면 구토가 없었다. 그래서 좋았다. 얀도 나처럼 아침에 마셨다. 물론 나보다는 덜 마셨을 것이다. 그렇다. 덜 마셨다.

얀은 1980년 8월 트루빌에 온 그날 저녁부터, 내가 오피탈 아메리캥에 들어갈 때까지 나와 같이 마셨다. 그도 살이 쪘다. 그가 왜 그렇게 많이, 내가 마실 때마다 같이 마셨는지 모르겠다. 아마도 내가 죽어 간다는 사실을 몰랐으리라. 누군가 그에게 말했다. 미셸 망소[87]였을 것이다. "보면 모르겠어? 지금 죽어 가고 있잖아."

미셸 망소가 친구를 데리고 왔다. 몰도바 출신 유대인이었다. (다니엘에게 사랑과 인사를!) 하지만 그날은 아니고, 그 이

87 Michèle Manceaux(1933~2015): 프랑스의 기자, 작가.

후에도 꽤 시간이 흐른 뒤였다. 그들은 내가 결정을 내리길, 확실하게 의사를 표명하길 바랐다.

날짜를 정하라고 얀이 매일 재촉했다. 어느 날, 날짜를 정했다. 내가 말했다. 10월, 1982년 10월 초.

그들이 전화를 했다. 병실도 잡았다.

10월, 10월 초라는 말이 아직도 두렵다.

다니엘이 미리 알려 주었다. "굉장히 힘들 겁니다. 하지만 다른 방법이 없어요. 혼자서는 절대 못 벗어나요." 나도 알고 있었다.

내가 무척 힘든 치료를 받게 되리라고 미리 알려 준다 한들 나로서는 어차피 비교할 대상이 없었다. 지금은 안다. '콜드 터키'[88]라고 불리는 그 미국식 치료법에 대해 미리 알았더라면 절대 동의하지 않았으리라. 절대로 받아들이지 않았으리라. 날짜를 정하지 않고 그냥 도망쳤을 것이다.

택시에 오른 뒤에야, 다니엘이 울면서 급히 자리를 뜨는 모습을 보고 나서야, 비로소 나는 나 자신을 고통으로 밀어 넣을 어떤 결정에 서명했음을 깨달았다. 그날도 이미 술을 많이 마셨다. 그때까지만 해도 막연한 일이었고, 주변 걱정에 대해 농담처럼 웃으며 말했다. 하지만 얀은 택시 안에서 점점 더 두려워했고, 겁에 질려 거의 얼어붙어 버렸다. 갑자기 다리도 심하게 부었다. 이유를 알지 못한 채로 우리는 두려워했다.

저녁 8시, 오피탈 아메리캥 병실에 나 혼자 남았다. 병원에서 얀에게 같이 있으면 안 된다며 돌아가라고 했다. 지금 나는, 미안하지만, 막 급히 쓰고 있다. 사건들이 순서대로 이해

88 알코올 중독자를 갑자기 금단 상태에 두어 치료하는 방법이다.

될지 잘 모르겠다. 할 수 없다.

한 가지가 남았다. 가장 중요한 것. 다시 시작하게 될지 모른다는 두려움. 같은 치료를 다시 시작하는 날이 올지도 모른다는 두려움이다. 대단하지 않은 것, 술 한 모금, 럼주 맛이 나는 사탕 하나면 충분하다. 이미 아는 일이다. 얀이 트루빌로 오기 얼마 전 일이다. 현관 쪽 장식장을 지나가다가 보니 비어 있는 줄로만 알았던 술병에 베르무트가 조금 남아 있었다. 이틀 후에 그것을 떠올렸다. 저녁마다 그랬다. 아마도 일주일 혹은 열흘 동안 매일 그 생각을 했을 것이다. 그리고 결국 마셨다. 그런 뒤에 얀이 왔고, 나는 얀에게 포도주를 좀 사 오라고 했다. 그렇게 다시 시작되었다. 세 번째 시작이었다. 지금 나는, 이미 말했듯이, 세 번째 금주 중이다.

오피탈 아메리캥에 들어간 그날 밤에, 수면제를 먹으면 잘 수 있을 것 같았다. 하지만 새벽 4시까지 잠이 오지 않았다. 문득, 병실 안에는 술이 없다는 생각이 들자 덜컥 겁이 났다. 치료가 시작되면 혼수상태가 온다는 사실을 알고 있었으니 그러기 전에 서둘러야 했다. 계획을 짰다. 전화로 택시를 부르고, 포르트 마이오[89]로 가서는 술집 카운터에서 적포도주 한 잔만 빨리 마신 뒤 같은 택시를 타고 돌아오기로 했다. 아무도 보지 못하고, 알지도 못하게 해야 했다. 일어서서 조용히 옷을 입었다. 그런데 갑자기 간호사가 나타났다. 그녀가 오

89 옛 파리 성벽의 시문(市門)이 있던 자리 중 하나로, 파리 시내와 서쪽 교외 지역을 연결하는 곳이다.

는 사실조차 나는 모르고 있었다. 내가 악을 썼다. "난 이제 알코올성 혼수상태에 빠질 거라고요, 당신도 알잖아요!" 간호사가 말했다. "병원에도 포도주 있어요. 한 잔 가져다 드릴게요." 그녀는 내가 그렇게 행동하리라는 사실을 미리 알았던 것이다. 그 한 잔이 1982년 10월에 내가 마신 마지막 술이었다.

위험한 것들이 손에 아예 닿지 않도록 해야 한다. 모든 것이 다시 시작되는 데는 아주 사소한 계기만으로도 충분하다.

위험한 상태

요즈음 나는 왜 글을 쓰는지 자책한다. 책을 쓰고 나면 늘 그렇다. 책을 쓰고 나서 지금 같은 상태에 빠져야 한다면, 쓸 필요가 없다. 술을 마시는 위험을 감수하지 않고서 해낼 수가 없다면, 쓸 필요가 없다. 내가 이따금 생각하는 말이다. 마치 그 말을 지켜 낼 수 있기라도 한 듯이. 그 또한 위험한 상태다.

내가 마지막으로 알코올 중독 치료에 관해서 한 얘기는 전부 무시하길. 치료가 잘 끝난 뒤에도 다시 마실 수 있다. 오늘 저녁에라도 그럴 수 있다. 아무런 이유 없이. 알코올 중독 외에 다른 이유는 없다.

편지

얀이 나에게 편지를 썼듯이, 나 역시, 이 년 동안, 만난 적 없는 사람한테 편지를 쓴 적이 있다. 그리고 얀이 왔다. 편지를 대신해서 그가 왔다. 사랑 없이 사는 일은 불가능하다. 남은 것이 말뿐이라 해도, 사랑은 늘 살아간다. 최악은 사랑하지 않는 것이다. 나는 그럴 수 있다고 생각하지 않는다.

밤에 나타나는 사람들

1984년 6월에 『연인』 원고를 미뉘 출판사에 넘겼다. 그 뒤에 영화를 찍었고,[90] 그 뒤에 영화를 편집했고, 그 뒤에 『고통』을 썼고, 그 뒤에 병이 났다. 『고통』이 출간되던 날, 나는 병원에 있었다. 푸아로델페슈[91]가 쓴 글을 얀이 가져다주었다. 나는 인공호흡기를 끼고 있었다. 그해 4월에 이미 겪은 대로, 그때도 일주일 동안 착란 상태였다. 하마터면 젊은 간호사를 죽일 뻔했다. 그날 일이 처음부터 끝까지 분명하게 기억난다. 얀은 집으로 돌아갔다. 나는 끼고 있던 반지를 벗어서 집에 가져다 놓게 했다. 그날, 야간 당직을 맡은 젊은 간호사가 있었다. 병원에서는 귀중품을 도둑맞는 일이 빈번하니까 반지들을 집에 가져다 놓는 편이 낫다고 조언해 준 사람도 그녀였다. 나는 그렇게 했다고, 내 집에 사는 얀이 오늘 가지고 갔

90 뒤라스의 『아! 에르네스토(Ah ! Ernesto)』(1971)를 바탕으로 만든 영화 「아이들(Les enfants)」(1985)을 말한다.

91 Bertrand Poirot-Delpech(1929~2006): 프랑스의 작가, 기자. 1985년에 『고통』이 출간되었을 때 《르 몽드(Le Monde)》에 서평을 썼다.

다고 그녀에게 말했다. 그런데 자정이 다 되도록 그녀가 날 살피러 오지 않았다. 새벽 2시 혹은 3시까지 기다렸다. 그리고 광기가 시작되었다. 간호사가 친구들을 데리고 생브누아 거리의 내 아파트로 찾아가 얀을 죽이고 반지를 가져갔다는 생각이 들었다. 그날, 나는 철석같이 그렇게 믿었다.

동이 트자마자 병실 창문을 열어젖히고 이제 곧 죽는다고, 누구든 와 달라고 소리쳤다. 하지만 아무런 움직임도 없었다. 나중에 얘기를 듣기로는, 내가 외치는 소리가 아예 들리지 않았다고 했다. 나는 다시 소리쳤다. 애원했다. 아무런 응답이 없었다.

아침에 간호사가 왔을 때, 나는 시트를 뒤집어쓴 채로 집에서 가져온 칼을 들고 있었다. 그녀가 비명을 지르며 사람을 불렀다. 나도 같이 소리쳤다. 죽을지 모른다고, 날 죽이려 한다고 악을 썼다. 남자 간병인이 달려왔다. 놀란 그가 나에게 달려들어 내 칼을 빼앗느라 내게 상처를 냈다.

바로 그 순간에, 이른바 병원의 '의사'라는 사람들이 나를 납치했음을 '알게' 되었다. 나는 몇 시간 동안 계속 설명했다. 전화를 걸라고, 너무 비싸지 않은, 범죄 시장에서 나의 가치에 상응하는 액수를 요구하면 몸값을 받을 수 있으리라고 그들에게 말했다.

착란의 내용은 전부 잊었지만, 아직까지 생각해 봐도 놀라운 점은 바로 살인과 반지 사이에 존재하는 논리, 그 연결 관계다. 그날, 나는 정말로 확신했다.

폐기종 발작이 시작되면 그런 증세가 나타난다. 산소 공급이 부족해지면서 뇌가 정상적으로 활동하지 못한다. 내가 들어오기 한 주 전에도 어떤 젊은이가 오후 내내 축구 경기의 심판을 보았다고 했다. 산소 호흡기를 쓰면 순식간에 정상으로 돌아온다. 의사들은 그런 착란을 대수롭지 않은 증상으로 여긴다. 나는 지금까지도 겁이 난다. 스스로 알지 못하는 자기 모습을 알게 되는 것, 스스로 한 말이나 행동을 다른 사람을 통해 알게 되는 것은 정말 무서운 일이다. 이전에 알코올 중독 치료 기간에 겪었던 착란은 거의 기억나지 않는다. 말하자면 그때는 혼수상태였고, 가끔씩 몇 초 동안 정신을 차리는 게 전부였다. 하지만 치료가 끝난 뒤 겪은 환각은 기억난다. 오피탈 아메리캥에서 처음 시작된 환각이다.

「인디아 송」이 배로 변했다. 이미 말했다는 걸 알지만, 어쩔 수 없다. 선장의 아내는 맞은편 지붕의 굴뚝에서 살았다. 그녀는 금발에 피부가 장밋빛이고 눈은 파랬다. 굴뚝 위로 머리만 올라와 있었다. 선장은 이 미터 떨어진 다른 굴뚝에 있고, 아내와 마찬가지로 굴뚝 속에 몸이 끼어서 움직이지 못했다. 어느 날, 바람이 불어오자 여자의 머리가 마치 유리가 깨지듯 깨져 버렸다. 나는 경악했다. 일만 마리의 거북이가 정확하게 지붕을 따라 줄지어 있었다. 마치 책들을 차곡차곡 정리해 둔 것 같았다. 날이 저물자 거북이들이 빗물받이 홈통 아래로 옮겨 가기 시작했다. 거북이들이 빛을 발산하기라도 하듯, 현실보다 더 선명한 광경이었다. 거북이들이 서로 바짝 붙어서 몸을 움츠리며 밤을 보낼 준비를 하느라 몇 시간이나 걸렸다. 자연이 너무도 비효율적이라서 경악스럽기까지 했다. 너무 오래 걸리는 힘든 일이었던 탓에, 결국 꽤 많은 거북이들이 옮겨 가지 못하고 그대로 남아야 했다.

그때의 '기억들' 중에서, 금실로 자수 장식을 한 옷을 차려입은 아시아 남자가 있다. 중국 벼슬아치로 보이는 그 남자는 냉정하고 과묵하고 무서운 얼굴로 계속 병원 복도를 돌아다녔다. 라에네크 병원이었는지 오피탈 아메리캥이었는지 모르겠다. 나 외에는 아무도 그를 보지 못하는 것 같았다. 아마도 존재하지 않는 사람이었다. 그리고 오피탈 아메리캥에서, 「인디아 송」의 집에 커튼 없이 닫힌 창문 너머로 마이클 리처드슨을 본 적도 있다. 무척이나 아름다운 그는, 칡넝쿨 사이에서, 이야기에 빠져 웃고 울었다. 집 대문 앞에는 유명한 에티오피아의 검은 황소가 있었다. 비쩍 마른 황소가 벽에 기대 서 있고, 그 옆에 붉은색과 황금색으로 장식한 커다란 중국 의자가 있었다. 두 가지 모두, 마치 누군가가 뇌이[92]의 거리에 꺼내 놓고는 잊어버린 물건들 같았다. 저녁에 베두인 복장을 한 미카엘 롱스달[93]이 벽 모퉁이에서 나타나 나에게 미소를 짓기도 했다.

가장 이상한 환각은 퇴원하고 집으로 돌아온 뒤 밤에 나타났다. 창문 아래 안마당에서 노랫소리, 합창 소리를 듣고 내려다보니 사람들이 모여 있었다. 나를 죽음에서 지켜 주기 위해서, 나는 그렇게 확신했다, 다양한 사람들이 함께한 것이다. 몇 명은 말라비틀어진 머리로 창끝에 꽂혀 있었다. 그들은 누군가에 대해 얘기도 했다. '고티에'라는 사람이었다. 아마도 어린아이인지, '꼬마 고티에'라고 했다. 한밤중에 나선 계단 통로에서 너무도 다정하게 누군가 외치다시피 하던 말이 기

92 파리 서쪽 근교의 도시로, 오피탈 아메리캥이 위치한 곳이다.

93 Michael Lonsdale(1931~): 프랑스의 배우로, 「인디아 송」에서 라호르의 부영사 역을 맡았다.

억난다. "그자들이 꼬마 고티에한테 손대기만 해 봐, 난 그냥 죽어 버릴 거야."

그때 나의 아파트에는 여러 명이 살았다. 우선 죽은 아이를 데리고 있는 욕실의 여자. 그녀는 온몸을 흰 붕대로 감싼 아이를 안고서 변기 뒤에 있었다. 움직이지 않고 계속 그대로 있었기 때문에, 얼마 지나지 않아 나는 그 여자가 그다지 신경 쓰이지 않았다. 남자들도 있었다. 다섯 명이다. 그들은 밤에 얀의 방으로 왔다. 진짜 사람처럼 걸어 다니고 말도 했다. 그들 몸속은 구겨서 공처럼 뭉친 신문지들로 채워져 있었다. 내 테이블 밑에 사는 동물들도 있었고, 돼지 꼬리가 달리고 요괴라고 불리던 난쟁이들도 있었다. 그리고 채색된 테라코타로 만든 여자 흉상이 있고, 내 책상 옆 책장 선반의 마리안 상[94]도 있었다. 또 얀의 방 가까이에 살면서 나를 엿보는 끔찍한 남자도 있었다. 그리고 또, 날카로운 소리로 계속 울리던 전화기. 정말로 벨 소리가 쉬지 않고 울렸다. 나는 적들이 차지한 안뜰 너머의 7층 하녀 방에 전화 교환기가 있다는 사실을 이미 알고 있었다. 맞은편 아파트에 사는 사람이 내 전화선을 훔쳐 간 게 분명했다. 증명하려면 할 수도 있었다. 전화벨 소리가 내 방을 원처럼 둘러쌌다. 절대로 정상적인 상황이 아니었다. 가장 놀라운 일은 아파트 안에서 매일 일어났다. 라디에이터 뒤에 죽은 개 한 마리가 걸려 있었다. 새 같기도 하고 푸른색 오리 같기도 했다. 아니, 그 둘 다였다. 그때 나는 며칠이고 잠을 자지 않은 것 같았다. 잠이 오지 않았다. 사실은, 잠에서 깬 적이 없었다.

94 프랑스를 의인화한 '마리안(Marianne)'이라는 여성의 조각상을 말한다.

처음에는 쥐 같은 짐승들로 시작했다. 한밤중에 쥐들이 사방에서 튀어나왔다. 내가 소란을 피우면 얀이 깨어났다. 나는 신을 신은 채로 우산을 들고 쥐를 쫓았다. 그렇게 시작되었다. 잊은 게 있다. 모든 게 바그너의 오페라 반주 속에서 펼쳐졌다. 그리고 독일 경찰들의 고함 소리. 그리고 『엠데(M.D.)』[95]에서 얀이 이야기한 일. 내 창문 앞에서 독일 경찰이 유대인들을 총살했다. 그리고 거실에 있는 흑인 여자들…… 내 아파트에 너무 많은 사람이 들어와 있었기에 일일이 열거하기 힘들다. 하나씩 나열하지 않고 그냥 쓴다면, 이렇게 말하겠다. 거실에서 흑인들과 유대인들이 자발적으로 나치들에게 충성 맹세를 하는 동안, 내 방에서는 몰도바 출신 의사의 친구들이 전날에는 없던 붉은색 소파에 앉아 있다. 의사가 훔친 내 아파트를 그들이 막 사려는 순간이다. 그러한 뒤죽박죽 속에서도 내 눈에만 보이는 고양이들이 하루 종일 조용히 집 안을 돌아다닌다.

그러다 갑자기 현실이 되돌아왔다. 미셸 몽소가 육두구를 뿌린 감자 퓌레를 해 준 일이 기억난다. 나는 게걸스럽게 먹었다. 그 뒤로 사람들과 동물들이 하나씩 떠나갔다. 옆 아파트의 테라스에 있던 독일 경찰이 떠났고, 몸속에 신문지 공이 가득한 남자도 얀의 방을 떠났다. 내 아들의 방에 있던 남자, 잿빛 곱슬머리에 밀가루를 뒤집어쓴 것처럼 얼굴이 하얗던, 넋나간 듯한 눈길로 빤히 쳐다보던 푸른 눈의 남자는 떠나지 않았다. 고양이도 몇 마리 남았다. 마지막까지 남은 것은 마리안

95 얀 앙드레아의 책으로, 1982년 뒤라스가 알코올 중독으로 입원했을 때의 이야기를 회고하는 내용이다.

상이었다. 그것은 내 방의 작은 책장 선반 위에서 뭘 하고 있었을까? 로렌 면모자[96]를 쓴 그 괴상한 모습, 무엇보다 우스꽝스럽던, 수치스럽던 애국의 표징은 여전히 그렇게 놓여 있었다. 그리고 일주일 전이었다. 지금은 1987년 4월이다. 보나파르트 거리에도 내 아파트처럼 안뜰 쪽으로 창문이 난 아파트들이 있는데, 그중에 한 아파트의 벽난로 위에 바로 그 마리안 상이 보였다. 처음에는 알아보지 못했지만, 이내 그것이 환각 중에 보았던 마리안 상임을 알 수 있었다. 환각 속의 마리안이 열린 창문으로 보이는 벽난로 위에 놓여 있었던 것이다. 의사한테 얘기했더니, 시간이 갈수록 하나씩 발견하게 될 거라고 했다. 내가 환각 속에서 본 것들은 모두 이미 체험했거나 본 적이 있는 이미지들이라고, 진짜 기억이라고 했다. 하지만 그런 식으로 확인한 건 그 한 가지뿐이었다. 아직도 나는 밤이면 그때의 것들이 다시 나타날까 봐 두렵다. 실제로는 없는 데도 볼 수 있다는 사실은, 믿기 어려운 일이다. 하지만 정말로 현실처럼 하나하나 그대로 볼 수 있다. 눈과 머리카락과 피부색까지 볼 수 있다. 그때 나는 처음 듣는 음악임에도 그것이 바그너의 음악임을 알았다. 나는 얀에게 보름 내내 이런 상태라면 차라리 죽어 버리겠다고, 다른 방법이 없다고 말했다. 왜 그토록 참기 힘들었을까? 왜 그렇게 매일 삶의 의미를 잃어버릴 정도로 참기 어려웠을까? 아마도, 홀로 어떤 무언가를 생각하는 것은 익숙한 일이지만, 그때는 눈앞의 광경을 혼자만 보았기 때문이리라. 정말로, 한순간, 머릿속의 생각이 읽히고,

96 로렌은 프랑스 동부의 독일 국경에 위치한 지방이다. 마리안 상은 원래 프리기아 모자(고대 로마에서 해방된 노예들이 쓰던 모자로, 자유의 상징이다.)를 썼다.

보이고, 자막 위에 굵은 글씨로 써진다. 그런데 사람들이 믿어 주지 않음을 안다. 심지어 나는 고양이들에 대해서는 일부러 대수롭지 않게 얘기하면서 그냥 '지나가게' 하려 했지만, 그마저도 믿어 주지 않았다. 그리고 또, 머지않아 당신을 사랑하는 사람들이 견디지 못하게 될 것임을, 그래서 당신과 헤어질 수밖에 없게 될 것임을 안다. 이미 의사가 주변에 사람이 많아야 한다고, 새로운 사람들이 많이 모여 있어야 한다고 했다. 하지만 나는 혼자 방에 들어가 불을 켜야 했고, 그때마다 동물들, 테이블 아래 사는 새끼 돼지들, 책장의 마리안 상이 이미 들어와 있었다. 의사는 진정제를 처방해 주지 않았다. 나는 좀 의아했고, 내 주변 사람들도 모두 그랬다. 내 집에 사는 모든 것이 스스로 밖으로 나가야 했다. 못 들어오게 막아도 안 되고, 빨리 나가라고 독촉해서도 안 되었다.

한 가지 잊은 이야기가 있다. 나는 얀에게, 나치들이 죽여서 라디에이터 뒤에 걸어 놓은 개를 치워 달라고, 창밖으로 던져 버리라고, 지나가는 사람들 위로 힘껏 내던져서 그자들이 유대인을 죽였음을 알게 하라고 말했다. 그러고는 얀이 그 일을 처리하는 소리를 들었다. 개를 꺼내서 창문으로 내던지기에는 조금 빠르다는 느낌이 들었지만, 그렇다 해도, 죽은 개가 걸려 있다는 사실 자체를 의심하지는 않았다. 나로 하여금 처음 의심을 품게 한 인물은 어느 날 찾아온 미셸 포르트[97]였다. 나는 부엌에 있었고, 그녀는 외투를 벗어 옷걸이에 건 뒤 나에

97 프랑스의 시나리오 작가이자 감독으로, 텔레비전 다큐멘터리 「뒤라스의 장소들(Les Lieux de Marguerite Duras)」(1976), 「버지니아 울프의 장소들(Les Lieux de Virginia Woolf)」(1980) 등을 제작했다.

게 다가왔다. 우리는 함께 수다를 떨었고, 나는 내가 겪은 환각에 대해 말했다. 미셸 포르트는 듣기만 하고 아무 말도 하지 않았다. 내가 말했다. "틀림없이 있는데, 사람들을 믿게 할 수가 없어요." 그리고 덧붙였다. "뒤돌아서 좀 봐요. 저기 걸린 외투 오른쪽 호주머니. 갓 태어난 볼그스레한 새끼 강아지가 당신 호주머니에서 나오는 거 보이죠? 사람들은 다 내가 잘못 본 거라고 말해요." 미셸 포르트는 내 말대로 고개를 돌려 자기 옷을 보았고, 그런 다음 한참 동안 나를 응시했다. 그리고 미소가 사라진 진지한 얼굴로 정색하며 말했다. "마르그리트, 이 세상에 내가 가진 가장 소중한 것들을 다 걸고 말할 게요. 내 눈에는 아무것도 안 보여요." 그녀는 내게 보이는 것이 '없다'고 말하지 않고 '안 보인다'고 했다. 광기의 이면에도 어느 정도 이성이 남아 있는 것이다.

그리고 어느 날 밤, 나는 얀을 불렀다. 현관 입구에, 그러니까 내 방에서 이 미터 떨어진 곳에 나타난, 하얀 활석 같은 얼굴의 곱슬머리 남자를 쫓아내 달라고 외쳤다. 얀이 화가 나서 고함치는 소리가 들렸고, 이어 그가 씩씩거리며 왔다. 내가 매일 밤, 아파트 안을 돌아다니는 '사람들'이 나를 공격한다면서 도와 달라고 깨우는 바람에 지친 것이다. 얀이 외쳤다. "난 아무것도 안 보여요, 안 보인다고요. 알겠어요? 아무것도 없어요!" 그는 없다고, 되풀이해서 말했다. "정말 아무것도 없어요, 없다고, 없어!" 얀이 고함을 지르는 동안 곱슬머리 남자가 그의 옆으로 다가왔고, 나는 내 방문 앞으로 도망가서는 제발 저 남자를 쫓아내 달라고 얀에게 애원했다. 얀은 더 이상 아무 말도 하지 않았다.

검정 외투를 입은 남자는 얀과 내가 뭘 하든 아무것도 모르는 것 같다. 그는 얀에게 몇 걸음 더 다가간다. 그리고 멈춘다. 이어서 계속 나를 쳐다본다. 나한테 관심이 있는 것이다. 하지만 나를 향한 정념 때문에 그의 얼굴은 더할 나위 없이, 보기 끔찍할 정도로 창백하다. 나를 바라보는 그의 눈에는 고통스러운 분노가 어려 있다. 내가 자기를 보지 않아서, 계속 울고 피하기만 해서 화가 난 것이다. 그가 뭘 원하는지 내가 전혀 알 수 없다는 사실을 그는 알지 못한다. 내가 마땅히 자기를 알아봐야 하는데 그러지 못하는 것이다. 삼 년이 지나 이 글을 쓰는 지금도 나는 그를 떨치지 못한다. 어쩌면 그는 꼭 죽음이 아니라 할지라도 다른 어딘가로 나를 데려가려 했던 것 같다. 아니면 아주 오래된, 그러나 지금은 끊겨 버린, 그러나 출생 이후 나의 존재 이유였던 혈통을 환기시키려 했을까. 그는 유대인이거나 내 아버지였으리라. 혹은 다른 무엇일 수 있다. 누구라고 말할 수 없는, 다른 누군가일 수 있다. 그의 정체는 바뀌지 않는다. 보름 전부터 그대로다. 그는 내 집에 산다. 보름 전부터 거리 쪽으로 창문이 난 작은 방에 살고 있다. 그에게는 서로 다른 세계에 속하는 새파란 눈과 심한 곱슬머리가 함께 있고, 서로 다른 연배에 속하는 검은 머리와 흰 머리가 함께 있다. 그렇다, 그는 나에 대해서 내가 모르는 무언가를 알고 있다. 그것은 내가 잊어버린 것이 아니라 내가 알아야 하는 어떤 것이다. 그가 와 있다. 다른 환영들과 함께 있지만, 그가 주축을 이룬다. 그를 중심으로 다른 환영들이 내 삶 주위를 맴돈다. 그는 내가 왜 자기를 두려워하는지 알지 못하고, 내가 무엇을 두려워하는지 알지 못한다. 나는 계속해서 얀에게 빨리 내보내라고, 쫓아내라고 소리 지른다. 그러다가 엄청난 사실을 알게 된다. 그러니까 그 남자는 프랑스어를 모른다. 내가 얀에게 하는 말을 알아듣지 못한다. 그의 연보라색 입술은 늘 닫혀 있다. 그는 아무 말도 하지 않는다. 보름 동안 한 마디도 하지 않았다. 그로서는 보름 동안 온종일 왜 나에게 와 있었는지를 굳이 설명할 필요가 없다. 그가 왜 나를 기다리는지 내가 그 이유를 알아야 한다. 내가 알지 못한다면, 이해하려 하지 않기 때문이다. 그로서는, 내가 모를 수 없다. 그런데 나는 알 길이 없다. 그의 눈길은 늘 꼿꼿하고 끝까지 순수하다. 나는 알아야 한다. 불가능하다.

얀이 현관문으로 갔다. 나는 그 남자를 보지 않기 위해서 내 방으로 들어왔다. 얀이 문을 열었다 닫았다. 그리고 나에게 말했다. "나와도 돼요, 갔어요." 정말로 그는 갔다. 나는 얀의 품에 안겨서 한참을 울었다.

이 얘기를 그동안 아무한테도 하지 않았다. 그 남자와 나 사이에 무언가가 일어났던 것 같다. 단 몇 초 동안이었지만, 서로를 이해하기 시작했다. 그가 내 집을 떠나고 얀과 단둘이 남았을 때, 얀에게 설명해야 했다. 그 남자가 나에게 뭘 원하는지 알 수 없어서 그럴 수밖에 없었다고 했다. 그때 느낀 아련한 느낌이 일종의 죄책감이었던 게 지금도 분명하게 기억난다.

옮긴이의 말

목소리 없는 외침이 건네는 폭력과 광기의 위안

마르그리트 도나디외(Marguerite Donnadieu)는 교육 공무원이던 부모가 학교를 운영하던 프랑스령 인도차이나에서 태어났다. 1914년, 사이공 교외의 지아딘이었다. 마르그리트가 네 살 되던 해에 아버지 앙리 도나디외가 병 때문에 본국으로 소환되어 이내 사망했고, 세 아이를 이끌고 귀국했던 어머니는 다시 캄보디아 프놈펜을 거쳐 메콩강 삼각주 지역에 정착했다. 그렇게 빈롱, 사덱, 사이공으로 옮겨 가며 유년기를 보낸 마르그리트는 파리로 가서 대학을 다닌 뒤 식민성의 공무원 생활을 시작했다. 아버지의 고향이던 로테가론 지방의 마을 이름 '뒤라스'를 필명으로 삼아 『철면피들(Les impudents)』(1943), 『평온한 삶(La vie tranquille)』(1944)을 발표하면서 작가의 길로 들어섰고, 자전적 일화들이 반영된 『태평양을 막는 방파제(Un barrage contre le Pacifique)』(1950)가 큰 성공을 거두면서 이름을 알리기 시작했다. 이어 발표한 『지브롤터의 선원(Le Marin de Gibraltar)』(1952)과 『타키니아의 작은 말들(Les Petits Chevaux de Tarquinia)』(1953) 역시 사랑을 주제로 한 뒤라스 특유의 작품 세계를 예고했다. 1958년에 뒤라스의 삶은 중요한 전기를 맞는다. 『태평양을 막는 방파제』가 르네 클레망에 의해 영화화되면서 파리를 떠나 노플르샤토에 자기만의 거처를 마련할 수 있게 되었고, 또 다른 대표작으로 꼽히는 『모데라토 칸타빌레(Moderato Cantabile)』(1958)를 통해 작가로서의 기반을 공고히 다지게 된 것이다. 이듬해인 1959년에는 뒤라스가 시나리오로 각색한 피터 브룩의 영화 「모데라토 칸타빌레」, 뒤라스가 시나리오를 쓴 알랭 레네의 영화 「히로시마 내 사랑(Hiroshima mon amour)」이 연달아 화제를 불러일으키기도 했다. 이후 뒤라스는 노플르샤토의 집과 노르망디 바닷가에 새로 마련한 트루빌의 아파트를 오가며 집필 활동에 몰두했고, 1960년대에 그녀의 가장 문제적 작품들로 꼽히는 『롤 베 스타인의 환희(Le Ravissement de Lol V. Stein)』(1964)와 『부영사(Le Vice-Consul)』(1966)가 세상에 나오게 된다.

뒤라스는 소설뿐 아니라 영화와 연극에도 관심을 쏟았다. 「라 뮈지카(La musica)」(1966)를 시작으로 「나탈리 그랑제(Nathalie Granger)」(1972), 「갠지스강의 여인(La Femme du Gange)」(1972), 「인디아 송(India Song)」(1975), 「트럭(Le Camion)」(1977), 「카이사레아(Césarée)」(1979), 「오렐리아 스타이너(Aurelia Steiner)」(1979), 「대서양의 남자(L'Homme atlantique)」(1981) 등으로 이어진 뒤라스의 영화는 서사에 의존하지 않는 실험적 영화 세계를 특징으로 한다. 때로는 카메라의 움직임이 전혀 없이 고정된 숏으로만 이어지고, 긴 암전 상태에서 목소리만 흘러나오기도 한다. 뒤라스는 연극에서도 「사바나 베이(Savannah Bay)」(1983)가 보여 주듯 전통적인 연기나 동작 대신 오로지 목소리만으로 텍스트를 끌어내는 극을 추구한다. 『죽음의 병(La maladie de mort)』(1982)처럼, 이 이야기를 연극으로 만들려면 어떤 무대와 배우의 어떤 동작이 필요한지, 또한 영화로 찍으려면 어떤 화면이 필요한지 뒤라스가 직접 밝힌 글이 붙어 있는 소설도 있다. 소설 『부영사』의 경우는 뒤라스가 직접 연극 「인디아 송」으로 다시 써서 자신의 연출로 무대에 올렸고, 이어 영화로도 만들었다. 이처럼 뒤라스에게 소설과 영화, 연극은 구별되는 세계가 아니라 같은 '글쓰기'가 발현되는 공통의 영역이다.

뒤라스의 삶과 글을 이해하기 위해서는 남자 그리고 술, 이 두 가지를 빼놓을 수 없다. 가장 널리 알려진 뒤라스의 남자는 일흔 나이에 『연인』을 통해 고백한 사랑, 열일곱 살 소녀의 중국인 연인이다. 하지만 뒤라스에게 남자는, 이 책에 실린 「하노이」의 베트남 소년과 「보르도발 열차」의 여행객이 그렇듯, 어떤 누구라는 구체적 인물과의 관계를 의미하기보다는 순간의 감각적 흔적으로 남아 있다. 그래서 직접 겪지 않은, '전해 들은' 이야기 속 남자들(빈롱 행정관의 아내와 이별한 뒤 스스로 목숨을 버린 라오스의 청년, 또 배 위에서 바다로 몸을 던진 사덱 행정관의 아들) 역시 성적인 상상을 자극하는, 글쓰기를 촉발하는 연인들이었다. 그리고 부재하는 아버지를 대신하던 두 오빠가 있다. 어머니의 사랑을 독차지한 폭군 같은 큰오빠 아래 함께 웅크렸던 작은오빠와의 애정을 환기하는 뒤라스의 목소리에서 독자들은 그녀 스스로 "인간의 밑바닥에서 올라오는 욕망"이라고 부른 근친상간을 떠올리지 않을 수 없다. 뒤라스에게 작은오빠는 아버지이자 아들이었다.(인도차이나에 남아 있다가 일본군이 점령한 사이공에서 약품 부족으로 죽음을 맞은 작은오빠는 비슷한 시기에 독일군의 차량 통제 때문에 의사를 기다리다가 세상을 떠난 첫 아이와 함께 뒤라스의 글 속에서 자주 환기된다.) 인도차이나를 떠나 파리로 온 이후 뒤라스의 삶에는, 짧은 연인들을 제외하고, 중요한 네 남자가 등장한다. 제일 처음, 로베르 앙텔므(Robert Antelme)가 있다. 나치 치하의 파리에서 레지스탕스 동지이기도 했던(조직을 이끈 것은 모를랑, 훗날 대통령이 되는 미테랑이었다.) 앙텔므는 뒤라스가 삶을 통틀어 '남편'으로 지칭하는 유일한 남자였다. 하지만 독일 경찰에 체포된 남편을 고통 속에서 기다리던 뒤라스는 전쟁이 끝난 뒤 나치 수용소에서 돌아온 그가 건강을 회복할 때쯤, 부부의 친구이자 또 다른 동지였던 디오니스 마스콜로(Dionys Mascolo)에게 간다.(그런 뒤에도 세 사람은 한동안 파리 생브누아 거리의 아파트에서 함께 지냈고, 그러한 사실은 뒤라스가 1944년 입당한 공산당에서 1950년에 축출될 때 부정적인 사항 중 하나로서 공산당 내부 보고서에 기록되었다.) 이어 뒤라스의 네 남자 중에서 상대적으로 가장 덜 드러났던 『모데라토 칸타빌레』의 남자, 제라르 자를로(Gérard Jarlot)가 있다. 뒤라스는 그와 함께 『모데라토 칸타빌레』를 비롯하여 여러 작품을 영화와 연극으로 각색하는 작업을 했다. 그리고 무엇보다, 술과 폭력적인 사랑을 함께했다. 이 책에 실린 「거짓의 남자」의 주인공이 자를로이고, 아마도 「밤늦게 온 마지막 손님」의 남자 역시 자를로다. 앙텔므와 마스콜로가 결별 후에도 여전히 동지이자 친구로 남은 것과 달리 자를로에 대한 뒤라스의 태도는 상당히 모호하다. 한 대담에서 스스로 고백했듯이, 아마도 뒤라스가 책 속에서 상상했던 '위험한 순간들'을 자를로와 실제 삶 속에서 함께 겪었기 때문이리라. 말년에 『연인(L'Amant)』(1984)과 『고통(La Douleur)』(1985)을 연달아 발표하면서 각기 두 오빠와 중국인 연인 그리고 앙텔므와 마스콜로의 이야기를 고백한(심지어 앙텔므가 끌려간 곳을 알기 위해 만났던 게슈타포의 이야기도 있다.) 뒤라스가 '거짓의 남자'라는 제목으로 자를로에 대해서 쓰려 했던 책을 끝내 완성하지 못한 것, 자를로 이후 십 년 넘게 혼자였던 점 역시 그와 무관하지 않을 터다.

그리고 마지막 동반자, 얀 앙드레아가 있다. 뒤라스의 삶에 얀 앙드레아가 들어온 때는 그녀의 책 제목이기도 한 '1980년 여름'이다. 뒤라스는 노플르샤토에 칩거하며 『롤 베스타인의 환희』와 『부영사』를 쓰던 시절부터 늘 술을 마셨고, 1975년 무렵에는 알코올로 인한 증세가 나타나기 시작했다. 그리고 1980년 1월, 결국 병원으로 실려 갔다. 한 달여 만에 퇴원한 그녀는 오 년 전 노르망디의 캉에서 영화 「인디아 송」을 상영한 뒤 토론회 자리에서 처음 만난 뒤로 계속 편지를 보내오던 대학생 얀 르메에게 처음으로 답장을 보낸다. 그리고 그해 여름, 스물여덟 살의 동성애자 얀 르메는, 뒤라스가 직접 지어 준 얀 앙드레아라는 이름으로 일흔 살의 뒤라스와 함께하기 시작한다. 그 이후 얀은 늘 뒤라스 곁에 머물면서 1982년의 알코올 중독 치료와 폐기종 치료를 곁에서 지켜보았고, 『연인』을 비롯하여 이후 발표된 뒤라스의 작품들 중 상당수를 구술로 받아 적었다. 아마도 뒤라스가 가장 힘겹게 받아들였을 동성애자 얀 앙드레아와의 사랑의 가능성 혹은 불가능성은 『죽음의 병(La maladie de la mort)』(1982) 그리고 『푸른 눈 검은 머리(Les Yeux Bleus Cheveux Noirs)』(1986) 속에 희미하게 환기된다.

이 책 『물질적 삶(La vie matérielle)』(1987)은 '뒤라스가 제롬 보주르에게 말하다'라는 부제가 말해 주듯이 뒤라스의 구술을 제롬 보주르가 받아 적은 뒤 함께 읽어 가며 다듬은 책이다. 이 책에 실린, 주제와 길이가 서로 다른 마흔여덟 편의 글은 뒤라스가 서문에 밝힌 대로 "어떤 것들에 대해, 어떨 때, 어떤 날에 생각한 것"을 기록한 "물질적 삶의 부유(浮遊)하는" 글쓰기를 보여 준다. 우선 일상적인 삶의 일화들 혹은 동시대의 사건 사고 등을 겪으며 뒤라스가 느끼고 생각한 바를 적은 글들이 많다. 그중에는 「단수하러 온 사람」처럼 뒤라스 특유의 영화 장면을 떠올리게 하는 글들도 있고(실제로 이 이야기는 두 차례 단편 영화로 만들어졌다.), 반대로 지나치게 개인적이라 쉽게 공감하기 힘든 글들도 섞여 있다. 하지만 그런 '개인적'인 느낌들은, 보다 직접적으로 자기 자신의 삶과 글에 대해, 자기가 겪은 남자들에 대해 말할 때 온전히 빛을 발한다. 그래서 「하노이」, 「빈롱」, 「보르도발 열차」, 「밤늦게 온 마지막 손님」처럼 성적 쾌락의 흔적을 말할 때, 「검은 덩어리」, 「책」처럼 자신의 글쓰기에 대해 말하는 순간 독자는 뒤라스 특유의 고요한 광기 같은 글쓰기를 만날 수 있다. 특히 동성애자 연인 얀과의 사랑, 육체를 통한 '물질적' 사랑을 얘기하는 「책」은 독자로 하여금 짙은 안개 속을 더듬어 가게 한다. 「인디아 송의 굴뚝들」, 「1982년 10월」, 「밤이 되면 나타나는 사람들」처럼 알코올 중독과 폐기종 탓에 겪었던 환각에 관한 이야기들 역시 마찬가지다. 그리고 무엇보다, 뒤라스의 삶을 이해하는 데에 중요한 열쇠가 되는 '술'과 '남자'에 대해서 쓴, 그 자체를 제목으로 삼은 「술」과 「남자」도 있다. 이 책에 수록된 가장 긴 글인 「집」은 의식주라는 물질생활이 이루는 삶에 관해 이야기한다.(심지어 집에 늘 상비되어 있는 물품 목록까지 들어 있다.) 뒤라스는 그러한 물질적 삶을 여성성과 연결시킨다. 물론 그러한 여성성에 대해 부정적인 입장을 취한 것은 아니다. 뒤라스는 여자들이 "정신적 영역"이 아닌 "물질적 삶"에 대해서만 말한다고 하지만, 그 자체를 부정하지는 않는다. 말하자면, 여자로서 그것을 가지고, 작가이기에 그보다 더 깊이 내려가 보는 것이다.

삼십 대의 뒤라스가 세상에 내놓은 『태평양을 막는 방파제』부터 일흔을 넘겨 발표한 『연인』과 『고통』에 이르기까지 뒤라스의 거의 모든 글들이 자전적 내용을 담고 있음은 사실이지만, 이 책의 경우 사이공 시절보다 앞선 '하노이' 이야기부터 상대적으로 많이 이야기하지 못했던 자클로의 존재까지, 그리고 마지막 동반자인 얀 앙드레아와의 성 이야기도 포괄하는, 뒤라스의 삶을 아마도 가장 '넓게' 그려 낸 책이라고 말할 수 있다. 그 과정에서, 뒤라스의 여러 면들을 단편적이나마 그대로 늘어놓음으로써 독자들로 하여금 뒤라스의 삶에, 그 내면에 가장 가까이 다가가게 해 준다. 물론 독자들이 마주하게 되는 뒤라스의 모습이 상당히 모순적인 것도 사실이다. 『마르그리트 뒤라스의 글(Écrire)』(1993)에 실린 「순수한 수」라는 글에서 르노 공장 노동자들에게 바치던 애정이 말해 주듯이 뒤라스는 평생 동안 스스로 사회주의자로 살았지만, 그것이 허위나 위선은 아닌 채로, 이 책에 실린 「파리」에서 보이는 것처럼, "인종적 구성"을 알 수 없는 사람들에 대한 뒤라스의 시선은 오히려 민족주의적이다. 여성에 대한 시각 역시 뒤라스는 남자들의 세계에서 소외되어 온 여자에 대해 수시로 말하지만, 그런 시각은 늘 '그냥 여자'가 아닌 "글을 쓰는 여자"로서의 자부심과 교묘하게 섞인다. 뒤라스가 보여 주는 모성 또한, 특히 "아이가 있는 여자"에 대한 예찬을 통해 드러나는 모성은, 아마도 어머니에 대한 복합적인 감정에서 자유롭지 않기 때문인지, 혹은 갓 태어난 첫아이를 잃은 기억 때문인지(이후에 디오니스 마스콜로와의 사이에서 그녀가 수시로 '나의 아이'라고 부르는 장 마스콜로를 얻었다.), 다분히 위태로워 보이기까지 한다. 「남자」의 마지막 대목에서 "남자를 많이 사랑해야 한다."라는 말 역시 "그렇지 않으면, 불가능하다. 남자를 감내할 수 없다."라는 말이 따라오면서 양가적이 된다. 하지만 한 가지는 분명하다. 그녀 내면에 자리 잡고 있는 근원적인 모순들, 이질적인 요소들을 감싸 안는 한 가지는, 아마도 그녀가 느끼던, 아주 작은 떨림에도 존재를 흔들리게 하던 고통, 그녀가 끌어안고자 한 세상의 고통이리라. 현실의 파괴적 폭력에 맞서 뒤라스는 침묵과 광기의 글쓰기라는 자신만의 폭력을 행사한다. 장식 없이 벌거벗은 공간에서 울려 퍼지는 "목소리 없는 외침"은 그 출구 없는 비극성으로 독자를 매혹하고, 어쩌면 각자가 마음속에 품고 있을 고통을 향해, 멀리서, 아주 멀리서, 위안을 건넨다.

윤진

옮긴이
윤진

아주대학교와 서울대학교 대학원에서 프랑스 문학을 공부했으며, 프랑스 파리 3대학에서 박사 학위를 받았다. 옮긴 책으로 『자서전의 규약』, 『문학 생산의 이론을 위하여』, 『사탄의 태양 아래』, 『위험한 관계』, 『페르디두르케』, 『벨아미』, 『목로주점』, 『알렉시 · 은총의 일격』, 『주군의 여인』 등이 있다. 출판 기획 · 번역 네트워크 '사이에' 위원으로 활동 중이다.

물질적 삶

1판 1쇄 펴냄 2019년 12월 6일
1판 4쇄 펴냄 2024년 5월 20일

지은이 마르그리트 뒤라스
옮긴이 윤진
발행인 박근섭, 박상준
펴낸곳 (주)민음사

출판등록 1966. 5. 19. 제16-490호
서울시 강남구 도산대로 1길 62(신사동)
강남출판문화센터 5층 06027
대표전화 02-515-2000 팩시밀리 02-515-2007
www.minumsa.com

ISBN 978 89 374 2959 0 04800
ISBN 978 89 374 2900 2 (세트)

쏜살

자기만의 방 버지니아 울프 | 이미애 옮김
엄마는 페미니스트 치마만다 응고지 아디치에 | 황가한 옮김
마르그리트 뒤라스의 글 마르그리트 뒤라스 | 윤진 옮김
사건 아니 에르노 | 윤석헌 옮김
여름의 책 토베 얀손 | 안미란 옮김
두 손 가벼운 여행 토베 얀손 | 안미란 옮김
이별의 김포공항 박완서
해방촌 가는 길 강신재
소금 강경애 | 심진경 엮고 옮김
런던 거리 헤매기 버지니아 울프 | 이미애 옮김
지난날의 스케치 버지니아 울프 | 이미애 옮김
물질적 삶 마르그리트 뒤라스 | 윤진 옮김
뭔가 유치하지만 매우 자연스러운 캐서린 맨스필드 | 박소현 옮김
엄마 실격 샬럿 퍼킨스 길먼 | 이은숙 옮김
제복의 소녀 크리스타 빈슬로 | 박광자 옮김
가는 구름 히구치 이치요 | 강정원 옮김
꽃 속에 잠겨 히구치 이치요 | 강정원 옮김
배반의 보랏빛 히구치 이치요 | 강정원 옮김
세 가지 인생(근간) 거트루드 스타인 | 이은숙 옮김